貝之火

喚醒純淨初心的奇幻旅程

宮澤賢治的動物童話

〈插畫珍藏版〉

南君 繪
楊明綺 譯

Bridge

大人的橋梁書，用圖畫延伸文字的無限想像

或許你看到的是悲慘的景象，但我所看見的，只是美麗的藍天和清澈的風。

即使我們沒有那麼多冰糖，還是能飽嚐清新的微風、暢飲美麗的桃色晨光。

所有的生物都是可親而友善的，因此切莫憎惡、怨恨。

我所寫的這些故事，都是源於森林、原野和鐵道，汲取自彩虹與月光。

我無比期盼，這些小故事在結束之際，也能成為你滌淨心靈的精神食糧。

——宮澤賢治

contents

導讀

從動物世界的視角，洞悉人性幽微

東吳大學日文系副教授　張桂娥

此刻，當世界仍處在疫情未歇、戰火動盪的變局之際，閱讀《貝之火：宮澤賢治的動物童話》，讓我再次確認了——即使如今已是ＡＩ掛帥的元宇宙時代，價值觀也在多元文化中不斷嬗變，透過動物視角照見人性幽微光影的宮澤賢治，在百年前創作的童話依然雋永而經典，值得跨國界、跨世代的不同讀者再三吟味。

有別於台灣現行的其他宮澤賢治作品，《貝之火》以動物童話為企劃主題，並採用圖文形式呈現，希望打造出「大人的橋梁書」這個全新的閱讀類別。專業譯者楊明綺以貼近現代語感的精湛文筆，適切傳達宮澤賢治文字中躍動的聲音感和質樸之美，易於閱讀和朗誦；堅持手繪創作的插畫家南君則跳脫常見的日本插畫風格，以展現想像力、奇幻感的優美畫作，描繪不同故事的多變場景，拉大格局與世界觀，也提升視覺閱讀的享受。追求感官美學素養的Ｅ世代讀者，想必更容易藉此體會宮澤賢治創作中所蘊含，柔韌而深邃的生命哲思。

宮澤賢治在一八九六年生於日本東北地方的岩手縣，從二十二歲在家人面前朗讀童話處女作〈蜘蛛、蛞蝓與狸貓〉〈雙子星〉開始，到一九三三年三十七歲病逝，短短十五年的創作生涯，遺留下了百餘件膾炙人口的作品。宮澤賢治創作的詩歌、童話或寓言，絕大多數都是描繪山海溪泉、林田鄉野、星月雨雪、蟲鳥魚獸、岩石礦物，呈現出自然的森羅萬象與幻魅的神靈宇宙。在這當中，更有許多作品是以「動物」，或是「人與動物的互動」做為主題素材。

根據日本兒童文學作家兼講師國松俊英的調查，曾經在宮澤賢治的兒童文學作品中出現的動物，包括有七十一種鳥類（含詩作在內）、四十一種哺乳類、十七種昆蟲類、十五種魚類、四種爬蟲類．兩棲類，以及十七種其他動物。為什麼宮澤賢治會獨鍾於動物題材、刻畫人與動物之間的互動呢？根據文獻的考察分析，這不外乎和孕育他的鄉土文化、成長環境、興趣志向與宗教信仰等有著緊密關連。

如同國松老師所言，「宮澤賢治常在田野山間遇見野生動物，總是深情地注視著它們，將其視為在這世上共同生活的夥伴。在童話故事裡，他描繪了動物和人類敞開心扉、相互交流的情景，因為曾是佛教徒的他深信——無論是大型動物，或者蚯蚓、蜘蛛等微小生物，與人類都有著相同的生命源泉；所有誕生在地球上的生命體，彼此都是同胞或手足。」藉由創作，宮澤賢治反映出物種同源的生命觀，並希望向世人傳遞「萬物和諧共生於宇宙」的美善信念。

掌握了宮澤賢治創作的構成本質與根源，接著我們就來逐一領略書中七篇動物童話的寓意、特色和魅力。

〈青蛙的雨鞋〉

宮澤賢治描述三隻青蛙的好友情誼，因為一雙人類的雨鞋和青蛙姑娘的選婿事件而質變崩壞。僅靠著幾個章節的精簡篇幅，他就舉重若輕地將生物（青蛙或人類）與生俱來的負面情感——猜疑、忌妒、虛榮、自私、冷漠、衝動等，描述得淋漓盡致。縱使有些角色展現出負面的人格特質，但透過內斂的筆觸，讀者也能充分理解這些破壞性行為背後的情緒動機，以同理心包容這樣的變化，使故事更加發人深省。

〈貓咪事務所〉

這是筆者最為推薦的宮澤賢治動物童話之一，適合所有年齡層，尤其是社會新鮮人閱讀。觀察敏銳的宮澤賢治透過非典型族群代表——灶貓的視角，翔實記錄職場霸凌事件的始末，以及職場的人際紛擾（嫉妒、排擠、謠言中傷、隔岸觀火等），對於上司態度的搖擺（先是肯定認同、息事寧人，接著冷處理、漠視，最後逆轉立場，開始同理加害者、倒戈至另一方等）尤其刻畫得傳神到位，讀來充滿既視感。而結尾拋下的震撼彈，則讓讀者大感意外、印象深刻。

〈大提琴手高修〉

畫面性十足的音樂小劇場，讀完後不禁讓人輕闔眼簾，想像耳邊繚繞著交響樂的饗宴。洞悉動物屬性的宮澤賢治，以主角高修的深夜自主練習為場景，隨著他駕馭音樂調性的成長變化，精準地安排不同的動物夥伴輪流「指導」或「陪練」，展開一場場促狹、趣味的互動，也讓心高氣傲的高修在不知不覺中獲得啟發，演奏技巧和人格素質皆有所精進，是宮澤賢治的動物童話中少見的幽默溫馨小品。

〈渡過雪原〉

一對兄妹在穿越雪原的途中，巧遇了小狐狸紺三郎，因為刻板印象產生的誤會，交織出一場人與動物的異文化邂逅，流露濃厚的奇幻劇場氛圍。最具特色的橋段莫過於「幻燈會」所放映的影片內容——翻轉思維與立場的情節設定，使讀者自然地拋棄成見，改以動物角度反思人類視野的盲點，進而留意到自身習以為常而不覺有異的文化偏見。這個故事也因此被選入日本小學國語教科書，成為國民必讀經典。

〈貝之火〉

這是宮澤賢治的動物童話中最難理解、也最具爭議的作品之一。主角小兔子赫摩伊英勇搭救小雲雀，因此意外獲贈了稀世珍寶「貝之火」，小小年紀就有了號令森林萬物的權力。雖然身為監護者的父母耳提面命，要牠謹言慎行、恪守分寸，善加守護「貝之火」的璀璨光芒，但赫摩伊為了盡孝回報父母，卻誤信狐狸的陰謀讒言，落入圈套成為欺凌森林動物的共犯，如同被佞臣操弄的昏君，邁向自我毀滅。所幸父母始終給予赫摩伊溫柔的支持與安慰，承諾將陪伴牠度過生命的難關。

以〈貝之火〉為本書命名，筆者認為深具慧眼。這個故事隱藏著許多引人深思的議題，例如：要未成年孩童擔負守護珍稀寶物的重責是否合理？「貝之火」究竟是榮譽性獎賞、還是懲罰性考驗？赫摩伊的父母對狐狸進貢的贓物（食物）突然轉變處理態度的原因為何？……都值得讀者進一步探究與思考。

〈那米床山的熊〉

至今仍被編入日本高中國文教材的這個故事，由捕熊獵人小十郎（掠奪者）和那米床山的熊群（犧牲者）演繹出一場悲愴、靜謐的生死輪迴。篤信佛教、醉心闡揚法華經思想的宮澤賢治，以大徹大悟的澄明心境鋪陳故事基底，描寫為了延續家族命脈只好殺生的小十郎內心的糾葛，面對資本勢力剝削仍極力維護生命尊嚴的卑微掙扎，同時體現即使是位居生物鏈高階的強悍熊族，也得順應物競天擇、適者生存的自然哲理，坦然迎接生命終點的來臨，淡定地參與演化進程。這則童話傳達了宮澤賢治畢生的信念與宏達的宇宙生命觀，著實意義非凡。

〈要求很多的餐廳〉

劇場效果強烈、瀰漫黑色幽默，堪稱是宮澤賢治動物童話的頂尖之作，也是他生前唯一出版的童話集冠名主打的作品，長年被列為日本小學國語教材，家喻戶曉的重要性自不待言。宮澤賢治透過趣妙、懸疑、奇幻的情節設計，諷諭自詡為萬物之靈的人類漠視其他物種的生存權，將自然資產據為己有、巧取強奪，破壞萬物依存的生態環境。如此短視近利的蠻橫作為，終將喚醒自然的反撲力量，付出慘痛代價。遺憾的是，在這個故事流傳近百年的今日，多數地球公民似乎仍未學到教訓，跟故事中的獵人一樣後知後覺，對與日俱增的自然警訊（如地球暖化）不讀不回。希望在傾聽宮澤賢治百年前的無聲吶喊後，我們也能集體反思，瀕臨滅絕危機的人類除了等待獵犬的神救援，要如何把握最後的機會盡己之力，保全宇宙生靈的永續存在。

以上的淺略介紹，希望有幸成為讀者們願意進一步「入坑」宮澤賢治童話世界的契機，在好文美圖的陪伴下，充分開展感官與心靈，細細體會這些亙古常新的故事所帶來的感動、啟發與力量。

青蛙的雨鞋

最近，黑隆那邊很流行穿雨鞋呢！

松樹和橡樹林下，有一道很深的堤壩，岸邊長滿荊棘、鴨跖草與蓼科植物，想蛙的家就在那處長著十株鴨跖草的土地下方。

然後，文蛙的家是在森林中的橡樹林下。

辯蛙的家則是在樹林另一頭的芒草叢裡。

三隻蛙不僅年紀相仿，體型也差不多，都有著不輸給對方的傲氣和調皮心態。

某個夏天的傍晚，想蛙、文蛙與辯蛙這三隻蛙，坐在想蛙家門前的白花三葉草廣場，一起賞雲。青蛙們都很喜歡觀賞夏天的積雲，那純白又蓬鬆的雲朵，有如玉髓，又似油炸碎餅乾，也像用蛋白石雕刻成的葡萄裝飾品，任誰看了都覺得壯麗無比，對青蛙來說，更是美不勝收、百看不厭。那是因為積雲看起來酷似青蛙頭，也很像春天的青蛙卵，所以青蛙賞雲就像日本人喜歡賞花、賞月。

「實在太壯觀了。漸漸變成平涅坦狀」呢！」

「嗯，而且呈現淡淡的金黃色，讓人聯想到永恆的生命。」

「這也是我們的理想呢！」

積雲逐漸變成平涅坦狀。平涅坦狀在青蛙看來，是非常高貴的形體，這是一種平坦的形狀。只見積雲漸漸消散後，四周也變得越來越昏暗。

「最近，黑隆那邊很流行穿雨鞋呢！」黑隆是青蛙語「人類」的意思。

「嗯，好多人穿呢！」

「我們也好想要喔！」

「就是啊！只要穿上那東西，別說是栗子殼上的刺，什麼都不怕了。」

「好想要喔！」

「有什麼能拿到那東西的法子嗎？」

「應該有吧。只是我們要穿的雨鞋，無論大小、形狀都和黑隆不一樣，所以得修改才行。」

「嗯，也是啦！」

不一會兒，積雲消散，四周成了一片藍。辯蛙和文蛙於是說了聲：「再見啦！」和想蛙道別後，便躍入樹林下方的堤壩，各自游回家。

後來，想蛙在桔梗色的薄暮中，雙手交叉抱胸沉思著。就這樣過了好一會兒，想蛙才「呱、呱」叫了兩聲，隨即快步走過草原，來到田地。

「野鼠先生、野鼠先生，你在嗎？」想蛙輕聲喊道。

「吱！」野鼠回應著，來到想蛙面前。牠那張原本就有點黑的臉，現在更是暗得快看不見。

「野鼠先生，晚安。有件事想拜託你，可以嗎？」

「當然可以呀！去年秋天我因為吃了蕎麥糰子，結果得了風寒，病重時幸虧有你照顧，這恩情我可沒忘啊！」

「是喔，那可以請你幫我弄到一雙雨鞋嗎？什麼形狀都行，反正我會修改。」

「沒問題，最遲明天晚上一定拿給你。」

「是嗎？真是謝謝你了。那就麻煩你了，再見啦！」想蛙開心地返家睡覺。

第二天晚上，想蛙又來到了田裡。

「野鼠先生、野鼠先生，你在嗎？」想蛙輕聲呼喚。

野鼠看起來非常疲憊。睡眼惺忪的牠嘆了口氣，一臉不悅地現身，冷不防將一雙小雨鞋扔到想蛙面前。

「想蛙，拿去吧！真是折騰死我了，費了一番工夫才弄到手，還擔心差點沒命！這就算是還你恩情了。好像有點還過頭呢。」

野鼠一邊這麼說，悻悻然轉頭離去。

想蛙見到野鼠如此激動的模樣，著實怔住了，之後思索一番，總算明白。首先，野鼠必須拜託一般的老鼠，老鼠又要拜託貓，貓要拜託狗，狗要拜託馬，然後馬再趁自己套上馬蹄鐵時，設法弄到一雙雨鞋；接著馬將雨鞋交給狗，狗再交給貓，貓交給老鼠，老鼠再拿給野鼠。

如此大費周章的過程中，肯定被要求好幾次謝禮，也聽了不少刺耳話；況且要是人類發現馬兒趁機弄走一雙雨鞋，馬兒勢必會被修理一頓，所以擔心整個事情經過的野鼠才會如此焦慮痛苦。而想蛙見到如此好看的雨鞋，開心得合不攏嘴。

只見牠立刻敲打拉扯，將雨鞋改成適合自己的尺寸，開心地穿上，就這樣走來踱去一整晚，直到天亮才拖著疲累身軀回家，沉沉進入夢鄉。

◆

「想蛙、想蛙！賞雲時間到囉。喂，想蛙！」

想蛙睜開眼，瞧見文蛙和辯蛙正試圖搖醒牠。原來是東邊天空有淡淡金黃色的美麗積雲聳立著。

「喲！你穿雨鞋啦！哪裡弄來的？」

「哎呀！這可是費了一番工夫，賭上性命、傷透腦筋才換來的。所以你們是弄不到的啦！我走幾步給你們瞧瞧吧。怎麼樣？很適合我吧。我穿上它輕快走著時，就像在走台步

呢！很帥吧！好看吧！」

「確實好看。我們也好想要喔！只是找不到門路。」

「沒辦法囉。」

銀色積雲高掛在最頂端，辯蛙和文蛙卻直盯著雨鞋，沒心思賞雲。

此時，從另一頭跳來了一隻美麗的青蛙姑娘，在鴨跖草那兒害羞地探頭張望。

「露娜小姐，晚安，有什麼事嗎？」

「我爸叫我尋覓夫婿。」青蛙小姐臉色有點沉鬱地說。

「妳覺得我如何呢？」辯蛙說。

「選我也不錯喔！」文蛙說。

想蛙倒是不發一語，只在那邊輕快踱步。

「好了，我已經決定了。」

「選誰啊？」兩隻蛙眨了眨眼。

想蛙依舊輕快踱步。

「就是那位。」青蛙小姐用左手遮著臉，右手指著想蛙。

「喂，想蛙，這位小姐決定選你了。」

「決定什麼啊？」

想蛙一臉莫名奇妙地看向牠們。

「意思就是這位小姐要帶你走啦！」

想蛙急忙奔了過來。「小姐，晚安，找我有什麼事嗎？原來是這樣啊！我明白了。

那麼，何時舉行婚禮呢？」

「那就八月二日吧。」

「好啊！」想蛙一臉平靜地望著天空。

積雲又變成了平涅坦狀，緩緩飄移。

「這樣的話，我回老家一趟告訴大家。」

「好的。」

「再見。」

「再見啦！」

辯蛙與文蛙氣呼呼地隨即掉頭離去。怒火中燒的兩隻青蛙用力划著雙腳，游過林子下方的堤壩。至於想蛙有多麼歡喜，就不必多言了，牠興奮地四處遊逛，直到一彎弦月從東邊升起，才返家就寢。

青蛙小姐露娜的家人一邊打點女兒出嫁的事，一邊和想蛙商談婚禮細節。所有準備逐漸就緒，後天就要舉行婚禮了。想蛙說著夢話：

「我今天一定要挨家挨戶告知喜訊，請牠們後天來參加婚禮。」

然而，那天從凌晨就開始下雨，雨中的樹林沙沙作響，想蛙家門前的白花三葉草被有點混濁的河水淹沒，幾乎快看不見，但想蛙仍然鼓起勇氣出門。河水越見湍急，好幾株蓼科植物和鴨跖草完全沒入水裡，要跳過去實在危險，想蛙還是從一株植物躍入水中，奮力游著。儘管急流幾度快把牠沖走，想蛙終究游上了對岸。

想蛙飛快地跳過青苔地，穿越好幾隻蟲走的路，大顆大顆的雨滴打在雨鞋上，發出啪啪聲響。想蛙總算來到橡樹下的文蛙家，只見牠高聲喊道：

「你好，你好。」

「哪位啊？啊，是你呀！進來吧。」

「好的。這雨下得可真大啊！帕森大街今天連個生物的影子也沒有。」

「是喔。雨還真大呢！」

「對了，你應該已經知道了，後天是我的婚禮，一定要來喔！」

「嗯，對喔。你一提，我才想起紅蟲子有告訴我這件事，我會去。」

「謝謝，那就麻煩賞光了。我走囉！」

「再見啦！」

想蛙又快步走過林子，來到芒草叢裡的辯蛙家。

「你好，你好。」

「哪位啊？啊，是你呀！進來吧。」

「謝謝。這雨下得可真大啊！帕森大街今天連個生物的影子也沒有。」

「是喔。雨還真大呢！」

「對了，你應該已經知道了，後天是我的婚禮，一定要來喔！」

「對喔，我忘了從哪兒聽說過這件事，我會去。」

「那就麻煩賞光了。我走囉！」

「再見啦！」

想蛙又快步走過林子，奮力游過堤壩，回家後總算安下心來。

文蛙這時剛好來到辯蛙的家。

「你好，你好。」

「來了。喲！是你啊！進來吧。」

「想蛙來過是吧？」

「是啊！真氣人。」

「就是說啊！可惡！真想讓牠嘗點苦頭。」

「我想到一個好法子。明早雨要是停了，婚禮前我們就拉牠去散步，到被割過的芒草堆那裡走走。雖然走在上頭，我們的腳也會痛，但就忍耐一下吧。這麼一來，那傢伙的雨鞋肯定完蛋啦！」

「嗯，這主意不錯呢！但只有這樣，我還是無法消氣。等婚禮結束，把新郎新娘那兩個傢伙引誘到田裡用麥稈鋪的坑，讓牠們跌個四腳朝天，上頭再用樹葉什麼的蓋住。這就交給我來辦，有意思吧？」

「這主意也不錯呢！那就等雨停囉。」

「嗯。」

「那我走囉！再見啦！」

青蛙的這句「再見啦！」真讓人聽膩了。再忍耐一下，請大家再忍耐一下就好。

◆

隔天午後，雨停了，陽光露臉，辯蛙與文蛙一起來到想蛙家。

「今天真是恭喜了，我們來喝你的喜酒。」

「嗯，謝謝。」

「對了，婚禮前還有點時間，我們去附近走走吧。散步會讓氣色變好喔！」

「也對。走吧！」

「我們三個手牽手一起散步吧。」文蛙與辯蛙一左一右，牽起想蛙的手。

「雨後的空氣真是清新啊！」

「就是啊！好舒服喔！」三隻青蛙來到割過的芒草堆。

「景色真好，我們走過去吧。」

「喂，別過去啦！該回去了。」

「都特地走到這裡了，多散步一會兒吧。再走過去看看嘛！」兩隻青蛙用力拉著想蛙的手，忍著腳痛，硬是走上芒草堆。

「喂，別走了。饒了我吧，這裡走不得啊！太危險了，回去吧。」

「這景色多好啊！再往前走一會兒吧。」

兩隻青蛙看著還沒破掉的雨鞋，齊聲說道。

「喂，別走了，別開玩笑了。啊，好痛！啊──鞋子破了個洞。」

「怎麼樣？這裡的空氣很新鮮吧。」

「喂，回去吧，別硬拉著我啦！」

「這景色真棒啊！」

「放手！放手！放開我！可惡！」

「哎喲！是有什麼東西咬住你的腳嗎？放心，我們會好好抓住你的。」

「放手！放手！放開我！可惡！」

「還咬住不放嗎？這就糟了。快逃啊！快啊！快啊！」

「好痛！放手！放開我！可惡！」

「快逃啊！你看，已經沒事了。哇！你的鞋子變得破破爛爛了，怎麼會這樣呢？」

其實雨鞋已經變得破爛不堪，鞋體四散各處，根本不成形了。

想蛙一臉難以言喻的懊悔，不停地嘟囔著。其實牠是氣得咬牙，但又沒有牙齒，所以看起來像在嘀咕。兩隻青蛙總算鬆手，頻頻說著場面話。

「你也別太沮喪啦！鞋子雖然壞了，但新娘要來了。」

「婚禮時間到了，走，我們回去吧。」

鬱悶不已的想蛙，磨磨蹭蹭地邁出步伐。

三隻青蛙回到想蛙家。不久後，裝飾著款冬葉、插著香蒲的迎親隊伍，從路的那一頭走了過來。

就在隊伍快抵達想蛙家門口時，露娜的父親雁郎問女兒：

「女兒啊！那三個當中，誰是你的夫婿呀？」

露娜眨著小眼睛。這是因為牠初見想蛙時，只注意到腳上的雨鞋，如今三隻青蛙這樣赤腳排排站，著實讓牠不知所措。露娜只好說：

「不再走近一點，實在很難確定。」

「說的也是，搞錯可就糟了，那就冷靜瞧個仔細吧。」站在後頭的媒人也附和。

無奈越走近，越是一頭霧水。三隻青蛙都有一張大嘴，膚色偏黑，眼珠子突出的程度也差不多，真是傷腦筋。這時站在最右邊的想蛙突然張嘴，往前跨出一步行了個禮，露娜總算安下心來，說道：「就是牠。」

於是，婚禮開始，規模之盛大、酒宴之豪奢，真是筆墨難以形容。

婚禮結束，女方家人全都離去，這時的積雲恰巧最為閃耀。

「好了，你們去蜜月旅行吧。」辯蛙說。

「我們送你們一程。」文蛙說。

想蛙拗不過，只好帶著新婚妻子去蜜月旅行。一行人就這樣走著走著，來到覆蓋著樹葉的坑洞邊。

文蛙與辯蛙說：「哎呀！這裡的路可真難走。新郎官，大家牽著手一起走吧。」

想蛙根本來不及縮手，便被兩隻青蛙硬拉著，踩上覆蓋著樹葉的坑洞。只見想蛙腳下的樹葉沙沙作響，搖搖晃晃的牠就快掉進坑裡，兩旁的文蛙與辯蛙見狀立刻要逃走，卻被想蛙抓個正著。

兩隻青蛙拚命擺動雙腳，忽然響起一聲砰咚、啪沙巨響——三隻青蛙一起掉進了滿是泥濘的坑裡。

牠們抬頭仰望，只瞧見一片又小又圓的天空，還能看到一點點閃耀的積雲。無奈牠們奮力掙扎，就是找不到任何可以攀住的東西。

露娜於是發揮平日培養的六百米跑步實力，一口氣奔回家找父親求援，結果父親和眾親友卻醉得不省人事，怎麼也叫不醒。露娜只好又跑回坑邊，焦急地繞著坑洞打轉，傷心哭泣。

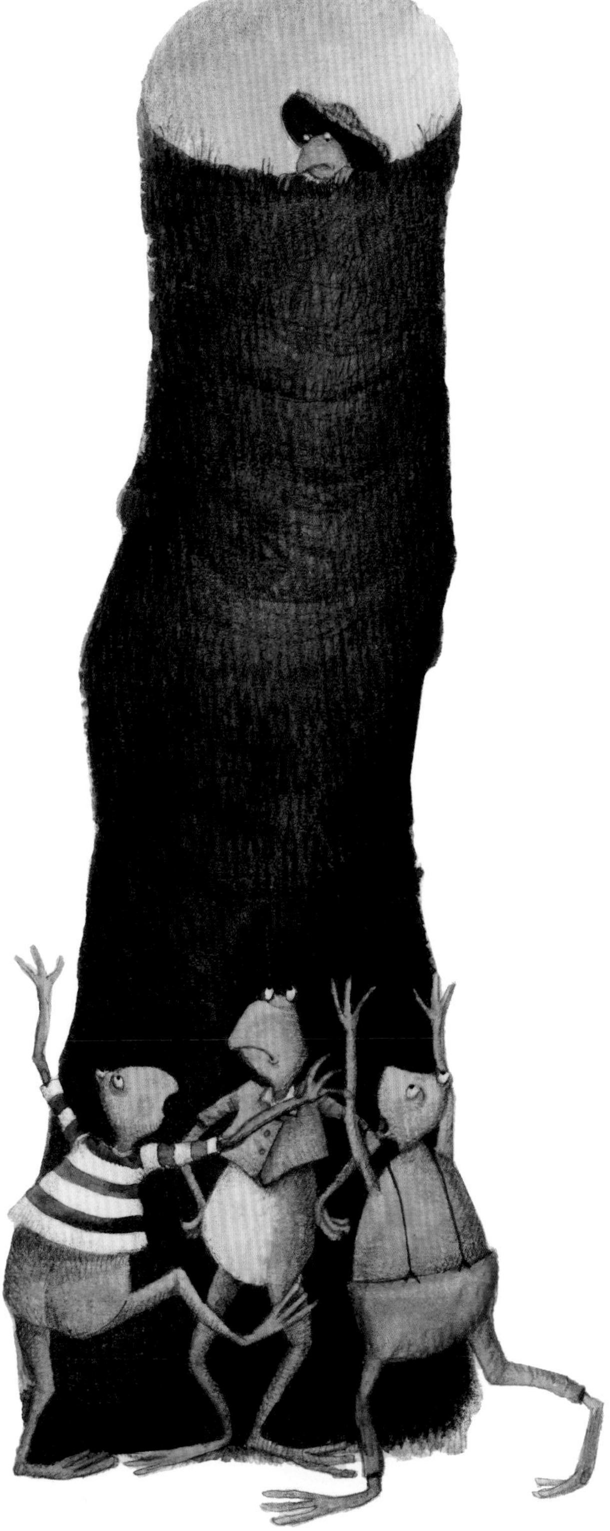

這時，天色逐漸變暗。

啪嚓、啪嚓、啪嚓、啪嚓，
露娜又跑去找父親，
卻怎麼也叫不醒。
天空漸漸露出魚肚白。

啪嚓、啪嚓、啪嚓、啪嚓，
露娜又跑去找父親，
卻怎麼也叫不醒。
積雲上方的日頭西沉。

啪嚓、啪嚓、啪嚓、啪嚓，
露娜又跑去找父親，
卻怎麼也叫不醒。
天空漸漸露出魚肚白。
啪嚓、啪嚓、啪嚓、啪嚓，
積雲變成平涅坦狀。

此時，露娜的父親總算醒來，想著要去看看女兒如何了，豈料卻見到累得渾身發青的露娜雙手交叉抱胸，坐在坑邊睡著了。

「喂，怎麼啦？喂！」

「爸爸，牠們三個掉進坑裡，恐怕已經沒命了。」

青蛙父親一邊留意著別掉進去，一邊將耳朵貼近坑口，探查裡頭的動靜，結果聽見了微微的啪沙聲。

「還活著！」青蛙父親大喊，趕緊回家搬救兵。

大夥兒取來林子裡的藤蔓，結成一條垂掛到坑裡，把三隻青蛙一一救出。

只見三隻青蛙翻著白肚，緊閉雙眼、抿著嘴，一副半死不活的模樣。

眾人取來蘿摩毛磨碎，讓牠們服下，折騰了一番總算救回性命。

從此，想蛙和露娜過著恩愛生活，文蛙與辯蛙也洗心革面、勤奮工作。

1 「平涅坦」原文為ペネタ，有一說這是宮澤賢治的自造詞，意指底部平坦一片的積雨雲。

貓咪事務所

——關於一個小官署的幻想

沒想到，連所長也靠不住了。

貓咪第六事務所位於輕軌車站附近，這裡主要負責調查貓族的歷史與地理。

穿著黑色緞料短衣的秘書們十分受人敬重，所以一旦有哪位秘書因故辭職，附近的年輕貓咪為了進事務所，可說是擠破頭，競爭激烈。但是，這間事務所一向只雇用四位秘書，所以只能在眾多應徵者中挑出一個字寫得最漂亮、又能讀詩的人選。

所長是隻大黑貓，雖然有點老糊塗，但眼裡像是繃了好幾條銅線，模樣還是相當威嚴。

再來看看牠的屬下。

第一秘書是白貓。

第二秘書是虎斑貓。

第三秘書是花貓。

第四秘書是灶貓。

所謂的灶貓，可不是天生如此。無論生下來是哪種貓，只要習慣晚上鑽進灶裡睡覺，渾身就會被煤灰弄得髒兮兮，尤其鼻子和耳朵更沾滿黑黑的煤灰，活像是狸貓。因此，其他的貓都很嫌棄灶貓。

不過，由於這間事務所的所長是黑貓，原本就算再能幹，也不會被選上的灶貓，還是在四十名應徵者中脫穎而出。

黑貓所長大模大樣地坐在寬敞的事務所正中央，一張鋪著紅色呢絨布的桌子後方；牠的右邊坐著第一秘書白貓和第三秘書花貓，左邊坐著第二秘書虎斑貓和第四秘書灶貓。每個秘書都端坐在椅子上，面前擺著一張小桌子。

話說回來，要貓咪調查地理、歷史是做什麼用呢？

嗯，大概是這麼個情形——

咚咚咚，有人敲著事務所的門。

「進來！」將雙手插進口袋的黑貓所長，一派傲慢地喊道。

四位秘書都忙著查閱手邊的資料。

有隻裝扮貴氣的貓走了進來。

「有什麼事嗎？」所長問。

「我想去白令地區吃冰河鼠，不曉得哪裡最好呢？」

「嗯，第一秘書，說明一下冰河鼠的產地。」

第一秘書翻開一本藍色封面的大冊子，答道：

「烏斯德拉戈梅納、諾巴斯凱亞，還有夫薩河流域。」

所長告訴貴氣貓：

「烏斯德拉戈梅納、諾巴……你說什麼來著？」

FOLDER
03
OF
THE
JAPAN

「諾巴斯凱亞。」第一秘書和貴氣貓異口同聲回答。

「沒錯！諾巴斯凱亞。還有那個什麼?!」

「夫薩河。」因為貴氣貓又和第一秘書齊聲說道，惹得所長不太高興。

「對、對！夫薩河。好啦！知道這幾個地方夠了吧？」

「那旅行時有什麼需要注意的嗎？」

「嗯，第二秘書，你說說去白令地區旅行要注意哪些事吧。」

「是。」第二秘書翻閱手邊的冊子。「夏天生的貓完全不適合旅行。」這句話一出口，不知為何大夥兒都看向灶貓。

「冬天生的貓也要小心謹慎。在函館附近會有被人用馬肉拐走的危險；尤其是黑貓，旅行時若沒有明確表現出自己是黑貓，往往會被誤認是黑狐而遭到追擊。」

「好，就像剛才說的，閣下不像我是黑貓，大可不必擔心，只要在函館時提防一點，別被惡徒用馬肉拐走就行了。」

「對了，當地的有力人士是誰呢？」

「第三秘書，你來說說誰是白令地區的有力人士。」

「是。那個……白令地區的話……找到了，是多巴斯基、肯佐斯基這兩位。」

「多巴斯基、肯佐斯基是什麼樣的人啊？」

「第四秘書，大概說明一下這兩位的狀況吧。」

「是。」第四秘書灶貓早已用兩隻短短的手，分別夾著大冊子裡記載兩位有力人士資料的那一頁，此舉讓所長和貴氣貓十分佩服。

然而，其他三位秘書卻是一臉不屑地斜睨灶貓，哼鼻冷笑。

灶貓努力唸著內容。

「多巴斯基酋長，德高望重，目光如炬，說話速度偏慢；肯佐斯基是大財主，也是說話偏慢，但目光炯炯有神。」

「好的，這樣我明白了，謝謝。」

貴氣貓就此離去。

◆

大致的情況就是這樣，對貓咪來說，到此諮詢問事算是相當便利。只是，就在此事過了半年後，這間第六事務所便廢止了。

相信大家已經留意到原因為何。其他三位秘書都很討厭第四秘書灶貓，尤其第三秘書花貓總是忍不住想插手灶貓的工作。灶貓雖然花了不少心思，努力想博取同事們的好感，無奈卻是適得其反。

好比某天午休，鄰座的虎斑貓拿出便當放在桌上，正要準備享用時，突然想打呵欠。於是，虎斑貓使力伸展兩隻短短的手，打了個大呵欠。

其實這在貓咪之間不算什麼無禮粗魯的動作，就像人類捻捻鬍鬚罷了，倒也無傷大雅。糟糕的是牠一踢腳，弄斜了桌面，便當就這樣滑落，啪的一聲落在所長面前的地板上。

只見便當盒摔凹了，但幸好是鋁製的還堪用。虎斑貓趕緊止住呵欠，伸手想撿起便當，但就在牠的手快搆到時，便當卻滑過去又滑過來，怎麼樣也抓不著。

「你這樣不行啦！搆不著啦！」黑貓所長一邊大啖麵包，一邊笑道。這時剛打開便當蓋的第四秘書灶貓，見狀趕緊起身，幫忙撿起便當，遞給虎斑貓。

虎斑貓卻突然暴怒，毫不領情地將雙手背在身後、晃著身子，大聲斥責：

「你這什麼意思？要我吃這便當？要我吃掉在地上的便當嗎？」

「不是的，只是看你想撿起來，所以幫忙撿而已。」

「我哪有想撿啊！哼！我只是覺得這東西掉在所長面前很失禮，想塞到我的桌子底下。」

「是這樣啊，我是看到便當滑來滑去，所以……」

「什麼意思啊?!實在太沒禮貌了。決鬥……」

「夠了！夠了！」所長大聲喊道。牠是為了阻撓決鬥，才出面制止。「夠了，別吵了！灶貓君也不是為了讓虎斑貓君吃掉便當才撿起來。對了，今早忘了說，虎斑貓君的月薪調漲十錢喔！」

原本一臉猙獰，勉強低頭聽訓的虎斑貓，這才露出了笑容。

「不好意思，吵到大家了。」

虎斑貓惡狠狠地瞪了一眼隔壁的灶貓，坐了下來。

各位，我很同情灶貓。

之後過了五、六天，又發生一起類似的事件。

之所以經常發生這種事，其一是因為貓咪太懶，其二是因為貓咪的前腳，也就是手太短。這次是坐在對面的第三秘書花貓一早準備工作時，筆滾來滾去，就這樣掉在地上。其實花貓只要站起來撿就行了，但牠卻像上次虎斑貓那樣隔著桌子撿筆，所以始終沒搆著。

個頭特別矮的花貓不斷探出身子，結果連腳也離開了椅子。基於上次的教訓，灶貓眨了眨眼，猶豫著要不要幫忙撿，終於還是看不下去站了起來。

恰巧就在這時，花貓重心不穩，鏗咚一聲從椅子上跌落，摔了個倒栽蔥。這聲巨響把黑貓所長嚇得站起來，趕緊從身後的架子拿了一瓶味道刺鼻的氨水，打算讓花貓定神醒腦一下。花貓則迅速起身，大發雷霆地吼叫：

「灶貓！你這傢伙竟敢推我！」

這次，所長倒是馬上安撫花貓：

「不、不，花貓君，這次是你誤會了。灶貓君只是好意站起來關心一下，什麼都沒做，也沒碰你。這種雞毛蒜皮的小事沒什麼啦！好了，我要來處理桑東坦的遷居申請，這個嘛……」所長趕緊埋首工作，沒輒的花貓也只好繼續做事，但還是不時兇惡地瞪著灶貓。

這般景況著實讓灶貓心裡難受。

灶貓為了當隻普通貓，好幾次試著在窗外睡覺，無奈半夜牠冷得直打噴嚏，只好又鑽回灶裡。

要問灶貓為何如此怕冷，是因為牠皮薄；要問牠為何皮薄，是因為牠生於盛暑時節。都是我自己不好，這也沒辦法啊！灶貓思忖著，圓圓的眼睛噙滿淚水。

但所長對我那麼親切，況且灶貓夥伴們都以我在事務所工作為榮、替我開心，所以再怎麼苦我也不能辭職，一定要撐下去！淚眼汪汪的灶貓握緊拳頭。

◆

沒想到，連所長也靠不住了。原因就在於貓咪這種動物貌似聰明，其實腦子並不靈光。有一次，灶貓不小心著涼，腳踝還腫得跟碗一樣大，根本無法走路，只好請假休息一天。可想而知，灶貓有多沮喪，牠哭啊哭的，望著從倉庫小窗射進來的黃光，揉著眼睛哭了一整天。

這段期間，事務所是這般光景。

「哎呀！灶貓君今天怎麼還沒來啊？很晚了呢。」所長趁著工作空檔時說道。

「八成是去海邊玩吧。」白貓說。

「我看不是吧，應該是去參加哪裡的宴會了。」虎斑貓說。

「今天哪裡有辦宴會？」所長一臉詫異地問。牠覺得要是有貓咪舉辦宴會，自己不可能不受邀。

「聽說北邊有個開學典禮。」

「是喔。」黑貓所長一聲不響地沉思著。

「灶貓憑什麼、憑什麼啊……」花貓率先開腔。「最近到處都在邀請牠呢！聽說牠還四處放話，說自己下次一定要當上所長，所以那幫蠢傢伙都怕灶貓，拚命拍牠馬屁。」

「當真有這種事?!」黑貓所長勃然大怒。

「當然是真的！您可以查查。」花貓噘嘴說著。

「太不像話了！虧我這麼照顧那傢伙。好！看我怎麼收拾牠。」

有好一會兒，事務所一片靜默。

於是，隔天到了。

灶貓的腳總算消腫，牠開心地一大早就頂著呼嘯狂風來到事務所，卻發現擺在桌上，那本自己每天上班都要先撫摸一下封面的心愛冊子不見了，被拆分放在對面和旁邊的桌子上。

「看來昨天很忙吧。」莫名心慌的灶貓用沙啞的聲音喃喃自語。

門哐噹一聲開啟，花貓走進來。

「早安。」灶貓起身打招呼，花貓卻一聲不吭坐下，看似忙碌地翻閱起冊子。

哐噹、砰！虎斑貓走進來。

「早安。」灶貓起身打招呼，虎斑貓連瞧也不瞧牠一眼。

「早安。」花貓打招呼。

「早啊！外頭風好大啊！」虎斑貓也開始翻閱冊子。

哐噹、砰！白貓走進來。

「早安。」虎斑貓和花貓一起打招呼。

「喔！早啊！風可真大啊！」白貓也開始忙著工作。

這時，灶貓沮喪地站著，默默向白貓鞠躬，白貓卻視若無睹。

哐噹、砰！

「呼！風好大啊！」黑貓所長走進來。

「所長早！」三隻貓馬上起身行禮問好。灶貓也怔怔地站著，低頭行禮。

「簡直就是暴風嘛！是吧？」黑貓所長說道，瞧也不瞧灶貓就立刻著手工作。

「好了，繼續昨天沒完成的工作，今天得查出阿默尼亞克兄弟的事。第二秘書，這對兄弟是誰去過南極？」大家都開始幹活了。

灶貓默默低著頭，因為牠手邊沒有冊子，雖然很想說點什麼，卻發不出聲音。

「龐．波拉里司。」虎斑貓回道。

「好！請詳述一下。」黑貓所長說。

啊——這是我的工作啊！冊子、我的冊子！灶貓難過得快哭出來。

「去南極探險的龐．波拉里司在回程途中死於亞普島外海，遺體隨之海葬。」第一秘書白貓唸著灶貓那本冊子的內容。

灶貓傷心不已，鼻頭發酸，只能一直低頭強忍著想要嘶吼的衝動。

事務所裡越來越忙，活像煮沸的水。工作不斷進行，大家只是偶爾瞄一眼灶貓，沒有多說什麼。

終於到了中午，灶貓一口也吃不下帶來的便當，只是低著頭將雙手擱在膝上。忍到下午一點，灶貓才開始啜泣，就這樣哭哭停停直到傍晚，足足哭了三個鐘頭。

儘管如此，大家還是一副若無其事的樣子，興致勃勃地工作著。

就在這時，貓咪們完全沒注意到黑貓所長身後的窗外，出現了獅子那顆威嚴十足的腦袋。

獅子疑惑地朝屋裡看了一會兒，突然敲門進來。貓咪們無不驚慌失措，滿屋子亂竄，只有停止哭泣的灶貓站得直挺挺。

獅子用宏亮堅定的聲音說道：

「你們在搞什麼啊？就那麼一點事，哪需要查找什麼地理、歷史，都別幹了！我命令你們立刻解散，聽到沒有?!」

事務所就這樣被勒令停業。

我頗認同獅子的決定。

大提琴手高修

你說什麼?!
我一拉琴，貓頭鷹、兔子的病就好了?
這是怎麼回事?

高修在鎮上的電影院擔任大提琴手[1]，但是大家都批評他拉得不好。豈止拉得不好，他在樂手之間其實是拉得最差的，所以總是被指揮欺負。

這天下午，大家圍坐在休息室，排練要在這次鎮上音樂會演出的第六號交響曲。

小號奮力高歌。

小提琴像有兩種音色般鳴響。

單簧管啵啵地應和。

高修也緊抿著唇，瞪大眼睛盯著樂譜，專注地演奏。

突然，指揮用力拍了一下手，大夥兒全停下來，一片鴉雀無聲。

「大提琴拍子慢了！咚答答、答答答——從這裡重來！」指揮怒斥著。

大家從剛才停下的前一小節重來。只見高修滿臉通紅，額頭頻頻冒汗地演奏，就在他總算過關，鬆了一口氣要繼續往下拉時，指揮又拍手了。

「大提琴！音不準！真是麻煩啊！我可沒空從頭教你Do、Re、Mi、Fa！」

眾人都同情起高修，不是故意盯著自己的樂譜，就是撥弄手上的樂器。高修趕緊調好琴弦，雖然出錯是事實，但他那把大提琴確實也品質粗糙。

「從剛才的前一小節開始！」

大家重新開始，高修也撇著嘴努力演奏。這回進步多了，就在高修覺得自己表現不錯時，指揮又突然拍手喊停。高修嚇了一跳，以為又是自己的問題，幸好這次是別人。於是高修也模仿起大家在他剛才犯錯時的樣子，故意湊近樂譜，假裝若有所思。

「好！接著下一小節！」

大家提起精神往下演奏，指揮又忽然跺腳怒吼：

「不行！簡直不像樣！這一段可是曲子的核心，你們卻把音色奏得如此乾癟。各位，離演出只剩十天了，身為專業音樂家的我們，要是輸給那些打鐵的鐵匠、糖果點心店學徒之類的烏合之眾，還有臉見人嗎?!喂，高修！你真是讓人頭痛啊！演奏得一點情感也沒有，毫無喜怒哀樂可言。還有，怎麼就是跟不上其他樂器呢？老是只有你像拖著鞋帶鬆開的鞋子落在後頭，再這樣下去只會連累大家。我們閃耀輝煌的金星樂團要是因為你一個人壞了名聲，大夥兒可會跟著倒楣啊！好了，今天就排練到這裡，休息一下，六點準時在樂池集合。」

眾人行禮後，有人叼起菸劃了根火柴，有人出去透氣，高修則抱著有如破木箱的大提琴，對著牆壁傷心落淚。平復一下情緒後，他又獨自靜靜拉起方才排練的樂段。

◆

那天晚上，高修背著一個又大又黑的東西回家。雖說是家，其實是郊外河邊一間破舊的水車小屋，獨居的他每天早晨都在屋旁的小菜園給番茄剪枝、替包心菜除蟲，到了下午才出門。

高修走進屋裡開燈，打開黑色大包包，原來裡頭裝的不是別的，就是排練到傍晚用的那把做工粗糙的大提琴。高修將琴輕輕放在地上後，突然抓起擱在架上的杯子，舀起水桶裡的水咕嚕咕嚕地猛喝。

他甩了一下頭，坐在椅子上，以猛虎之勢奏起白天排練的曲子。他一邊翻譜、一邊拉琴，不停思索著該怎麼詮釋會更好，努力拉奏到最後又從頭開始，一遍又一遍，持續練習。

過了午夜時分，高修已經練到是不是自己在拉琴都快弄不清。只見他滿臉通紅、雙眼充血，神情十分駭人，一副隨時都會暈厥的模樣。

就在這時，身後傳來敲門聲。

「是霍修嗎？」高修迷迷糊糊地喊道。沒想到嘰的一聲，推門進來的是他先前見過五、六次的大花貓。

花貓費勁地拿著從高修的菜園摘下來的半熟番茄，放在他面前說：

「啊啊——累死了。搬東西可真辛苦啊！」

「這是什麼？」高修問。

「這是禮物，請你吃的。」花貓說。

高修把憋了一整天的怒氣全都宣洩出來。

「誰叫你拿番茄過來？我會吃你們這些傢伙的東西嗎？還有，這可是我菜園裡種的番茄！搞什麼啊？還沒熟就被你摘了！原來啃咬番茄莖、把菜園搞得一團糟的傢伙就是你啊！給我滾！臭貓！」

花貓縮著肩，瞇起雙眼，嘴角依舊掛著一抹笑說：

「老師，發這麼大的火對身體不好啊！不如拉一首舒曼的《夢幻曲》[2]吧。我可以幫忙聽聽看喔！」

「明明是隻貓，還敢說大話。」

大提琴手很生氣，琢磨著這隻貓究竟想幹嘛。

「哎呀！別這麼客氣，請吧。我要是沒聽到您的琴聲，可會睡不著呢！」

「傲慢、無理！實在太囂張了。」

氣得漲紅臉的高修就像指揮那樣跺腳大罵，卻又忽然念頭一轉：

「好，要我拉就拉吧。」

高修像是想到什麼似的鎖住門、關上所有窗戶，然後拿起大提琴熄了燈。下弦月的月光從外頭流洩進來，照亮半間屋子。

「你要我拉什麼來著？」

「《夢幻曲》，浪漫的舒曼作的曲子。」花貓抹了抹嘴說。

「是喔，你說的《夢幻曲》是這樣嗎？」

不曉得在盤算什麼的大提琴手掏出手帕，塞住自己的耳朵，隨即以狂風暴雨般的氣勢奏起《印度獵虎》這首曲子。

花貓歪著頭聽了一會兒，突然啪嚓啪嚓地猛眨眼，旋即衝向房門，砰的一聲撞上去，門卻沒開。只見牠像是犯了這輩子最大的錯誤般慌亂不已，眼睛、額頭都迸出火花，就連鬍鬚、鼻子也是。因而奇癢難耐的花貓皺著臉，一副想打噴嚏的模樣，坐立難安地東跑西竄。高修覺得有趣極了，更是越奏越起勁。

「老師！夠了！您就高抬貴手別拉了，我以後再也不敢對您頤指氣使了。」

「安靜點！接下來可是抓到老虎的高潮樂段。」

痛苦不堪的花貓突然跳起來，一下轉圈、一下挨著牆，留在牆上的印子還閃了一會兒藍光。最後，花貓開始像風車般繞著高修轉圈。

這下子，高修也被牠轉得有點頭暈。

「好吧，那就饒了你。」高修說著，終於停手。

於是花貓又若無其事地回應：

「老師，您今晚的演奏不太對勁耶。」

大提琴手聽了十分惱火，卻不動聲色地掏出一根菸捲叼著，再拿起一根火柴。

「怎麼樣？有哪裡不舒服嗎？舌頭伸出來讓我瞧瞧。」

花貓伸出又長又尖的舌頭，就像在做鬼臉嘲弄人一樣。

「唷——火氣有點大喔！」大提琴手一邊說著，突然用火柴往貓舌上一劃，點著菸捲。只見花貓一臉錯愕，舌頭像風車轉啊轉的，筆直衝往門口一頭撞過去，接著又踉蹌後退幾步，再撞上門去，就這樣來回撞了好幾次，只想趕緊逃離。

高修興致勃勃地瞧了好一會兒：

「這次就饒了你，別再來啦！笨蛋！」

大提琴手開了門，瞧見花貓像一陣風似的奔向草叢，不禁莞爾。終於一掃悶氣的他，隨即倒頭酣睡。

◆

隔天晚上，高修又扛著黑色大提琴包回家。他咕嚕咕嚕地猛喝水，然後像昨晚一樣開始拉琴。轉眼就過了十二點，又過了一點、兩點，高修依舊沒有停歇，一直忘情地拉著、拉著，完全忘了時間。這時，天花板傳來敲擊聲。

「臭貓！沒學到教訓嗎？」高修大喊。

突然，從天花板的破洞傳出振翅聲，一隻灰色鳥兒飛了下來，停在地板上。高修一瞧，原來是隻布穀鳥。

「居然連鳥兒都來了，找我有什麼事啊？」高修問道。

「想跟你學音樂。」布穀鳥一本正經地說。

高修笑著說：「想學音樂啊？你不是只會唱『布穀、布穀』嗎？」

布穀鳥非常認真地回答：「是啊！沒錯，但這可是很難唱喔！」

「有什麼難的？你們成群啼叫時，的確聲勢浩大，但叫法不怎麼樣啊！」

「我們的叫法可厲害呢！好比『布穀～～』和『布～穀～』，這兩種叫法聽起來就不一樣，是吧？」

「沒什麼不一樣啊！」

「那是你不懂。我們的夥伴要是叫一萬遍『布穀』，可是有一萬種差異。」

「你這是在自吹自擂吧。既然那麼精通，幹嘛還來找我？」

「可是我想正確地唱出Do、Re、Mi、Fa。」

「鳥還講究什麼Do、Re、Mi、Fa啊！」

「當然要啊！出國前都得學習。」

「鳥是要出什麼國！」

「老師，請你教教我，我會跟著唱的。」

「煩死了！我只拉三遍喔！拉完就給我離開！」

高修拿起大提琴砰砰地調弦，開始拉奏Do、Re、Mi、Fa，只見布穀鳥慌張地不停振翅：「不對！不對！不是這樣！」

「煩死了！那你來拉啊！」

「應該是這樣。」布穀鳥往前拱起身子，保持這個姿勢叫了一聲「布穀～」。

「什麼呀？這是Do、Re、Mi、Fa？看來對你們而言，Do、Re、Mi、Fa和第六號交響曲根本沒什麼兩樣。」

「那可不一樣。」

「哪裡不一樣了？」

「難的是這幾個音要連續叫上好幾遍。」

「意思是像這樣囉？」

大提琴手又拿起大提琴，連續拉奏「布穀～布穀～布穀～」。

布穀鳥十分開心，也跟著「布穀～布穀～」叫著，而且是拚命拱起身子啼叫。

高修的手越來越痠痛。

「好啦！差不多可以停了吧。」他這麼說著，一邊停手。

只見布穀鳥似乎很是遺憾，抬眼看著高修，「布穀～布穀～布穀～」又啼叫了一會兒才罷休。

這下高修可被激怒了。

「喂，你的要求我已經做到了，快走吧。」

「求求你再拉一遍吧，雖然你拉得不錯，但音還是有點不準。」

「你說什麼?!我可沒要你教我喔！還不快滾！」

「請你再拉一遍，拜託。」布穀鳥不停鞠躬懇求。

「這可是最後一遍喔！」

高修架好琴弓，布穀鳥深吸了一口氣。

「那就請你盡量拉久一點。」布穀鳥又鞠躬拜託。

「真拿你沒輒！」高修苦笑著說，一邊開始演奏。

布穀鳥又認真拱著身子，拚命啼叫「布穀～布穀～布穀～」。高修起初雖然不太情願，但持續拉著、拉著，他突然覺得鳥兒發出的音色似乎更接近真正的Do、Re、Mi、Fa。總之，他越拉越覺得布穀鳥的音色更好。

「咦……要是再繼續做這種蠢事，我該不會變成鳥吧？」高修突然停止拉琴。

布穀鳥像是被重重敲了記腦袋，踉蹌一下，又像方才那樣「布穀～布穀～布穀～」叫了好一會兒才停住。牠有些埋怨似的看著高修說：

「為什麼停下來？我們布穀鳥啊，就算是再怎麼沒出息的傢伙，也會叫到喉嚨出血喔！」

「說什麼大話！我怎麼可能一直陪你幹這種蠢事！快給我滾！你看天都亮啦！」高修指著窗戶說。

東邊天空泛著魚肚白，烏雲不斷朝北前行。

「那就請你拉到太陽升起吧。再一次就好，一下子而已。」

布穀鳥再次低頭請託。

「住口！還想得寸進尺啊！你這隻笨鳥！再不滾就拔光你的毛當早餐吃！」高修用力跺了一下地板。

受到驚嚇的布穀鳥突然衝向窗戶，腦袋重重地撞上玻璃，啪的一聲摔落地上。

「搞什麼？幹嘛撞玻璃啊！」高修趕緊起身想去開窗，但這窗子本來就不好開，不是隨手一拉就行。正當高修用力搖晃窗框時，布穀鳥又重重撞上玻璃，摔落地上，仔細一瞧，牠的嘴角已經滲著血。

「馬上幫你開窗，你等等嘛！」高修總算將窗子推出兩寸寬的縫隙，這時布穀鳥爬起來，一副壯士斷腕的模樣，凝望著窗外的東邊天空，使盡了全力乘風飛起。結果這次比前一次撞得更猛，布穀鳥又摔落地上，好一會兒動也不動。

高修伸手想抓起鳥兒，從門口放牠飛走，布穀鳥卻突然睜眼，飛起來躲開，又衝向玻璃窗。高修不由得抬腳踹了一下窗子，兩三塊玻璃發出劇烈聲響，碎玻璃掉落在窗框外。只見布穀鳥有如箭矢般從破掉的窗戶衝出去，就這樣一直飛到不見蹤影。

高修怔怔地望了窗外一會兒，隨即倒臥在房間一角呼呼大睡。

◆

隔天晚上，高修又練習到午夜過後。精疲力盡的他喝了一杯水，此時又傳來敲門聲。他心想，不管今晚來的是什麼，都要像昨晚對待布穀鳥那樣先來個下馬威，然後趕跑對方。

高修拿著杯子等待，只見門開了一條縫，一隻小狸貓鑽了進來。高修又把門稍稍推開些，用力跺腳、大聲咆哮：

「喂，小臭狸！你聽過狸貓湯嗎？」

小狸貓一臉茫然地端坐地上，像是聽不懂似的偏著頭思索，好一會兒才開口：

「我沒聽過狸貓湯。」

高修看著那張臉，差點噗哧一笑，隨即硬是板起臉孔說：

「那我來告訴你吧！狸貓湯啊，就是把你這種狸貓，和高麗菜、鹽一起攪拌，然後咕嘟咕嘟地燉煮給老子我吃下肚。」

小狸貓還是一臉困惑：「可是我爸說啊，高修先生是大好人，一點也不可怕，還叫我來拜師學習。」

高修聽到這番話，終於忍不住笑出來。

「你能學習什麼？我可是忙得很！而且睏死了。」

小狸貓似乎興頭來了，往前跨一步說：「我是負責打小鼓的喔！我爸叫我來跟你合奏。」

「沒看到你的小鼓啊？」

「瞧，就是這個。」小狸貓從身後掏出兩根鼓棒。

「用這東西能幹什麼？」

「這個嘛，請你拉一首《愉快的馬車夫》。」

「《愉快的馬車夫》？爵士樂嗎？」

「對了，這是樂譜。」

小狸貓又從身後掏出一張樂譜。高修接過一瞧，不禁笑出聲來。

「呵！好奇怪的曲子啊！好，我要拉琴囉！你要打小鼓嗎？」

高修開始拉琴，一邊瞅著小狸貓，看牠要搞什麼名堂。只見小狸貓拿著鼓棒、合著拍子，在大提琴的琴馬下方咚咚敲著。因為牠確實有兩把刷子，高修演奏起來也覺得很有意思。

高修拉完曲子後，小狸貓偏頭沉思了片刻，忽然像想起什麼似的說：「高修先生拉第二根琴弦時，總是比我預期的慢一半耶！害我好像也跟著卡住了。」

高修怔住了。的確，他昨晚就發現，不管拉得多快，那根弦總是過一會兒才發出聲音。「唉，或許吧。都怪這把琴啊！」高修難過地說。

只見小狸貓頗為同情似的又想了一下。

「問題到底出在哪兒呢？可以請你再拉一遍嗎？」

「可以啊！」高修開始拉琴。小狸貓一邊像剛才那樣咚咚敲著，一邊不時偏著頭把耳朵貼在琴上。當曲子進入尾聲時，東方又泛起魚肚白。

「哇！天都亮了，真是謝謝你。」

小狸貓連忙用膠帶將樂譜、鼓棒牢牢固定在背上，行了幾次禮便快步離去。

高修怔怔地吸了一會兒從昨晚破掉的窗戶吹進來的風，便趕緊鑽進被窩，打算去鎮上之前先補個眠，恢復精神和體力。

隔天晚上，高修又通宵拉琴直到快天亮，累得手拿樂譜便打起盹來。就在這時，傳來咚咚的敲門聲。雖然聲音隱隱約約不很清楚，但因為每晚都是這樣，高修立刻就聽見了，於是說：「進來吧！」

只見一隻田鼠從門縫鑽進來，還帶著一隻非常小的田鼠寶寶，蹣跚地走向高修。高修瞧見這隻只有橡皮擦大小的田鼠寶寶，不由得笑了。

不知高修為何而笑的田鼠一邊張望四周，一邊將一顆青色果實放在高修面前，恭敬行禮後說：

「醫生，這孩子狀況很糟，只怕小命不保啊！請您大發慈悲，救救牠吧！」

「我又不是醫生，怎麼救啊？」高修不太高興地說。

只見田鼠媽媽低頭沉默了一會兒，又毅然決然地說：

「醫生，您說謊！您每天都幫大家治病，醫術又高明，不是嗎？」

「我不懂你在說什麼？」

「託醫生的福，兔子婆婆的病好了，狸貓爸爸的病也好了。您明明連那麼壞心眼的貓頭鷹都治好了，卻不肯救救這孩子，實在太無情了。」

「等等！八成是你搞錯啦！我沒幫什麼貓頭鷹治病啊！小狸貓昨晚確實來過，但牠只是充當一下鼓手就走了。哈哈！」

高修驚訝得低頭看著田鼠寶寶，笑了出來。

只見田鼠媽媽開始傷心哭泣。

「唉，既然這孩子反正都要生病，如果早點生病就好了。明明剛才琴聲還在嗡嗡作響，偏偏這孩子一生病就停了。看來再怎麼懇求，您也不肯拉琴了，我的孩子怎麼如此命苦啊！」

高修驚呼：

「你說什麼?!我一拉琴，貓頭鷹、兔子的病就好了？這是怎麼回事？」

田鼠揉著眼睛一邊說：

「是啊，這附近的動物要是生了病，都會鑽到您家的地板下治病。」

「這樣就能治好？」

「是的，可以促進全身血液循環、感覺舒暢，立刻就會康復，不然就是回家後便痊癒了。」

「喔——原來是這樣啊！意思是只要我的琴聲嗡嗡作響，就有按摩效用能治好你們的病囉？好，我懂了，來試試看吧。」

高修調了一下琴弦，冷不防抓起田鼠寶寶，把牠從音孔放進琴身。

「我也要一起進去。不管去哪家醫院，我都是形影不離陪著牠。」田鼠媽媽瘋了似的衝向大提琴。

「你也要進去是吧？」

高修想讓田鼠媽媽也從音孔鑽進去，無奈只塞得進半個腦袋瓜。

田鼠媽媽一邊掙扎，一邊對窩在琴身裡的孩子喊道：

「你在那裡還好嗎？有沒有照媽媽教的，四肢併攏才能安全著地喔！」

「有，我安全著地了。」

落在琴身底部的田鼠寶寶用有如蚊子叫的微弱聲音回答。

「沒事啦！所以別哭了。」高修把田鼠媽媽放下來，拿起琴弓，隨即嗡嗡嘎嘎地拉起狂想曲。這琴聲讓田鼠媽媽聽得忐忑不已，終於忍不住說：

「夠了！請您放牠出來。」

「怎麼啦？這樣就行了嗎？」

高修讓琴身傾斜，伸手等在音孔旁，不一會兒田鼠寶寶就鑽了出來。高修默默將牠放在地上，定睛一瞧，只見田鼠寶寶閉著眼，瑟瑟發抖。

「怎麼樣？感覺還好嗎？」

田鼠寶寶沒回應，依舊緊閉雙眼，不停發抖。但過了一會兒，牠便突然起身，開始奔來跑去。

「太好了，牠的身體好多了。謝謝！謝謝！」田鼠媽媽開心地和孩子一起奔跑，隨即又來到高修面前頻頻鞠躬。「謝謝！謝謝！」足足說了十遍。

高修突然心生憐憫地問：

「喂，你們吃麵包嗎？」

只見田鼠媽媽驚嚇地張望四周，接著說：

「不，我知道麵包是用麵粉揉啊、搓啊做出來的東西，吃起來膨鬆又美味；但我們從沒去過府上的櫥櫃，況且今天承蒙您大力相助，怎麼會偷拿麵包呢！」

「不是啦！我不是這個意思，只是問你們要不要吃。所以你們會吃吧？等等喔！我給這個肚子不舒服的小傢伙弄些吃的。」

高修把大提琴擱在地上，撕了一塊放在櫃子裡的麵包，擺在田鼠面前。田鼠媽媽像個傻瓜似的又哭又笑，鞠躬道謝，然後小心翼翼啣起麵包，帶著孩子離去。

「啊啊——跟田鼠說話也挺累人啊！」

高修隨即倒頭睡去。

◆

六天後的晚上，金星樂團的團員們興奮地漲紅了臉，各自拿著樂器魚貫下了舞台，走進鎮上公民會堂的後台休息室。

他們剛演奏完第六號交響曲，會場響起宛如暴風雨般的掌聲。雖然指揮將雙手插進褲袋，像是蠻不在乎地緩步穿梭在團員之間，其實他開心至極。只見有人叼起菸劃了根火柴，也有人忙著將樂器收進樂器盒。

會場依舊響著如雷掌聲，而且越來越熱烈，形成一股難以收拾的驚人態勢。繫著白色大領結的主持人奔入休息室。

「觀眾都在喊安可，能不能再演奏一首短一點的曲子？」

指揮卻斷然拒絕。「不行啦！已經演出那麼經典的作品，之後不管再演奏什麼，觀眾都不會滿意啦！」

「那至少請指揮上台講幾句話。」

「不行！喂，高修，你去隨便拉個曲子吧。」

「我？」高修目瞪口呆。

「對，就是你。」樂團首席也突然抬頭說道。

「快啊，快去！」指揮催促著。

大夥兒硬是把大提琴塞給高修，開了門就把他推向舞台。高修拿著破了洞的大提琴，不知如何是好地上台，眾人見狀，更是熱烈鼓掌、齊聲叫好。

「實在欺人太甚！好！等著瞧！我就來拉一首《印度獵虎》。」

高修鎮定下來，走到舞台中央。

於是，就像那天花貓來訪時一樣，高修以猶如大象發怒的氣勢演奏著曲子，觀眾席頓時鴉雀無聲，眾人無不專注聆聽。高修越拉越起勁，演奏完讓花貓痛苦得渾身迸出火花的樂段，也演奏完使花貓一再撞門的樂段。

演奏完畢，不敢看向觀眾席的高修拿著大提琴，像那隻花貓般火速逃回休息室。只見指揮和其他團員就像剛遇上火災似的，兩眼發直、悶聲不吭地坐著。高修以為自己又搞砸了，快步穿過眾人，頹喪地蹺起腳，坐在房間另一頭的長椅上。

眾人紛紛看向高修，神情十分認真，絲毫沒有嘲笑的意味。

「今晚還真是奇妙啊！」高修暗想著。

指揮站了起來。「高修，你表現得很好呢！居然憑那麼一首曲子，就讓大家聽得入迷。才一個禮拜或十天，你就能練得這麼好，簡直判若兩人！看來只要有心想做，可是什麼都難不倒你呢！」

夥伴們全都站了起來，稱讚高修：「表現得很好呢！」

「哎呀！也要身強體壯才辦得到啊！要是一般人早就累死了。」指揮說。

那一夜，高修很晚才回家。

他照例先咕嚕咕嚕地喝水，然後開窗眺望當時布穀鳥飛去的遠方天空。

「啊——布穀鳥，那天真是抱歉啊！其實我沒生你的氣。」高修這麼說。

1　在日本的明治、大正時期，電影院播放的仍是默片，所以會有「辯士」在一旁像說書似的講解劇情，也會搭配樂團演奏，高修所屬的樂團可能就是負責電影播放時的現場配樂工作。

2　此處是指德國作曲家羅伯特．舒曼（Robert Schumann）創作的鋼琴曲集《兒時情景》中的第七首曲子。

渡過雪原

請一定要來參加幻燈會，
就在下次雪地結凍、月亮當空的夜晚。

一、小狐狸紺三郎

完全凍住的雪地比大理石還堅硬，天空也像是用冰冷平滑的青石板雕刻而成。

「硬雪硬梆梆，凍雪沉甸甸。」

太陽公公為大地遍灑雪白的百合香氣，又照得雪地亮晶晶。

覆著一層霜的樹群像是灑上了粗砂糖般閃閃發亮。

「硬雪硬梆梆，凍雪沉甸甸。」

四郎與康子穿著小雪鞋，走在草原上，發出嘰咕嘰咕的聲音。

往後還會有像今天這麼有趣的日子嗎？無論是平時不能行走的玉米田，還是芒草叢生的原野，此刻都有如一塊平坦的木板，可以愛走到哪兒就走到哪兒，地上還像是許多小鏡子般閃耀著光芒。

「硬雪硬梆梆，凍雪沉甸甸。」

兩人來到森林附近，高大的松柏因為樹枝掛滿又大又透明的冰柱，重得樹身都被壓彎了。

「硬雪硬梆梆，凍雪沉甸甸。小狐狸啊，想娶媳婦、娶媳婦。」

兩人朝著森林大喊。

等了好一會兒都沒什麼回應，就在他們想再大喊時——

「凍雪沉甸甸，硬雪硬梆梆。」

有隻小白狐一邊這麼哼著，一邊踩著積雪從森林走了出來。

有點驚愕的四郎趕緊讓康子躲在自己身後，站穩雙腳大喊：

「狐狸呀！白狐狸。想娶媳婦的話，我幫你。」

看起來還是隻小狐狸的白狐，捻著一根根銀針般的鬍鬚說：

「四郎呀！四郎。康子呀！康子。我才不要娶什麼媳婦呢！」

四郎笑著說：

「狐狸呀！小狐狸。不娶媳婦的話，那要年糕嗎？」

小狐狸搖了兩三次頭，看似興致勃勃地說：

「四郎呀！四郎。康子呀！康子。我送你們黃米麵糰子吧。」

躲在四郎身後的康子覺得很有趣，悄聲唱起歌來。

「狐狸呀！小狐狸。狐狸的糰子是兔子的糞便。」

小狐狸紺三郎於是笑道：

「不是的，絕對沒有這回事，怎麼可能請這麼體面的你們吃兔子的褐色糰子呢？

我們狐狸總是被冤枉愛騙人。」

四郎詫異地反問：

「你說狐狸愛騙人是假的？」

紺三郎激動回應：

「當然是假的！而且是最要不得的謊。那些說自己被狐狸騙的人，不是喝醉，就是膽子小。對了，說件有趣的事，先前某個月亮當空的夜晚，甚兵衛先生坐在我家門前唱了一晚的淨琉璃，我們都跑出去瞧個究竟呢！」

四郎大聲反駁：

「甚兵衛先生才不是唱淨琉璃[1]，一定是唱浪花節[2]。」

小狐狸紺三郎一臉恍然大悟地說：

「喔，也許吧。總之來吃糰子吧，我請你們吃的可是我親自耕田、除草、收割、磨粉、揉麵糰、灑上砂糖做出來的糰子。如何？要不要來一盤呢？」

四郎笑道：

「紺三郎先生，我們剛剛才吃過年糕，所以肚子不餓，下次再請我們吧。」

小狐狸紺三郎開心地揮著短短的前肢說：

「這樣啊，那就等到幻燈會，再請你們吃吧。請一定要來參加幻燈會，就在下次雪地結凍、月亮當空的夜晚。八點開始，我先給你們入場券吧，需要幾張呢？」

「那就給我們五張吧。」四郎說。

「五張嗎？你們要兩張，還有三張是給誰呢？」紺三郎問道。

「給哥哥們。」四郎回答。

「你哥哥他們都不滿十一歲嗎？」紺三郎又問。

「不是，最小的哥哥讀小四，比八歲的我大四歲，所以是十二歲。」四郎說。

只見紺三郎煞有介事地捻著一根鬍鬚，說道：

「太可惜了，哥哥們不能參加，只有你們可以。我會幫你們留貴賓席，很有意思喔！首先會放一段『不該喝酒』的幻燈片，內容是你們村裡的太右衛門先生和清作先生總是喝得爛醉，想去草原吃奇怪的饅頭和蕎麥麵，我也有在裡面出現喔！第二段播放的是『小心陷阱』，畫的是我們權兵衛在草原不小心誤踩陷阱的情況，這是圖畫，不是照片。第三段會播放『別小看火』，描述我們權助去你們家，結果尾巴不小心著火的景象。請一定要來喔！」

兄妹倆開心地點點頭。

只見狐狸滑稽地撇著嘴，嘰咕嘰咕咚咚、嘰咕嘰咕咚咚地開始原地踏步。牠搖頭擺尾沉思了一會兒，忽然像想到什麼似的揮舞雙手，一邊打拍子一邊哼唱。

「凍雪沉甸甸，硬雪硬梆梆，
　草原的饅頭熱呼呼，
　喝得醉醺醺的太右衛門，
　去年一口氣吃了三十八顆。
　凍雪沉甸甸，硬雪硬梆梆，
　草原的蕎麥麵熱呼呼，
　喝得醉醺醺的清作，
　去年一口氣吃了十三碗。」

四郎與康子聽得入神，也隨著小狐狸一起手舞足蹈。

嘰咕、嘰咕、嘰咕、咚咚。嘰咕、嘰咕、嘰咕、咚咚。嘰咕、嘰咕、嘰咕、嘰咕、嘰咕、咚、咚咚咚。

四郎哼唱著：「狐狸呀！小狐狸。去年狐狸權兵衛的左腳誤踩陷

阱，鏗鏗、啪答啪答、鏗鏗鏗。」

康子也哼唱起來：「狐狸呀！小狐狸。去年狐狸權助想偷烤魚，結果尾巴著火，鏘鏘鏘。」

嘰咕、嘰咕、咚咚。嘰咕、嘰咕、咚咚。嘰咕、嘰咕、嘰咕、嘰咕、咚咚咚。

三人一邊跳著舞，一邊走進森林。用來做紅色封蠟的朴樹芽被風吹得閃閃發光，林中雪地倒映著一片藍色網狀樹影，陽光照耀的地方有如盛開的銀色百合。

小狐狸紺三郎說：

「要不要叫小鹿也一起來呢！牠很會吹笛子。」

四郎與康子開心得拍手，三人一起喊道：

「硬雪硬梆梆，凍雪沉甸甸。小鹿啊，想娶媳婦、娶媳婦。」

林子另一頭隨即傳來微弱的聲音：

「北風呼嘯風三郎，西風蕭瑟又三郎。」

小狐狸紺三郎覺得自己被耍了，不悅地噘著嘴說：

「那是小鹿啦！那傢伙很膽小，八成不會來吧。還是我們再喊一遍試試呢？」

三人又大喊：

「硬雪硬梆梆，凍雪沉甸甸。小鹿啊，想娶媳婦、娶媳婦。」

這次從更遠處傳來了不知是風聲還是笛聲，聽起來又像小鹿的歌聲。

「北風呼嘯冷颼颼，西風蕭瑟涼颼颼。」

狐狸又捻著鬍鬚說：

「雪要是融化就不好走了，你們快回去吧。下個冰天雪地的月夜，你們一定要過來，來看剛才跟你們說的幻燈片。」

於是，四郎與康子哼唱著「硬雪硬梆梆，凍雪沉甸甸」，穿越銀白的雪地返家。

「硬雪硬梆梆，凍雪沉甸甸。」

二、狐狸小學的幻燈會

皎潔的滿月悄悄從冰山升至夜空。雪地閃著青白光芒，今天也凍得猶如寒水石[3]一般堅硬。

四郎想起和小狐狸紺三郎的約定，悄聲問妹妹康子：

「今晚有狐狸的幻燈會，要去嗎？」

只見康子雀躍地大喊：

「去啊！去啊！狐狸呀！小狐狸，狐狸紺三郎。」

二哥二郎聽見了便說：

「你們要去狐狸那邊玩嗎？我也好想去喔。」

四郎一臉為難地聳聳肩：

「可是哥哥啊，入場券上寫著，超過十一歲就不能參加狐狸的幻燈會。」

二郎說：「有嗎？讓我看一下。原來如此，學生家長除外，十二歲以上來賓不得入場。這群狐狸可真行啊！那就沒辦法啦，你們帶塊年糕去吧。來，這塊不錯。」

四郎與康子穿上小雪鞋，扛著年糕走到屋外。

哥哥一郎、二郎和三郎在門口站成一排大喊：

「路上小心啊！遇到成年的狐狸要趕緊閉眼喔！對了，我們一起唱歌吧——硬雪梆梆，凍雪沉甸甸。小狐狸啊，想娶媳婦、娶媳婦。」

月兒高掛夜空，森林籠罩在青白色煙霧中，兄妹倆來到森林入口，一隻胸前別著橡果的小白狐早已在那裡等候。

「晚安，來得真早呢！有帶著入場券嗎？」

「有。」兄妹倆拿出入場券。

「來，請往這邊走。」小狐狸鄭重其事地鞠躬，眨了眨眼指向森林深處。月光照進林中，刻出好幾道斜射的藍色光芒，兄妹倆來到一處空地。

只見那裡已經聚集了眾多狐狸學校的學生，不是互丟栗子皮嬉戲，就是彼此推來推去；最好笑的是有隻和老鼠一般大的狐狸寶寶，坐在體型更大的狐狸孩子肩上，想要摘取天上的星星。

一塊白布垂掛在牠們面前的樹枝上。

突然，兄妹倆身後傳來聲音：

「晚安，歡迎光臨，前幾天真是不好意思。」

四郎與康子被嚇到了，回頭一瞧，原來是紺三郎。紺三郎一身體面的燕尾服裝扮，胸前別著水仙花，頻頻用白色手帕擦拭尖尖的嘴巴。

四郎微微鞠躬致意：

「那時真是失禮，謝謝你今晚的邀請，還請大家享用這塊年糕。」

狐狸學校的學生們紛紛看向他們。

紺三郎挺起胸膛，一本正經地收下年糕。

「勞煩你們帶禮物來，實在不好意思，今晚還請盡興。馬上就要播放幻燈片，恕我先失陪了。」

紺三郎拿著年糕，走向空地另一頭。

狐狸學校的學生們齊聲大喊：

「硬雪硬梆梆，凍雪沉甸甸。硬年糕呀硬梆梆，白年糕呀扁平平。」

布幕旁還有塊大木牌寫著：

「人類四郎先生、人類康子小姐，餽贈許多年糕。」

狐狸學生們開心地鼓掌。

這時，笛聲響起。

紺三郎咳了幾聲，一邊從布幕旁走出，恭謹地鞠躬行禮，現場頓時安靜下來。

「今晚天氣真好，月兒就像珍珠盤子，星星彷彿是原野上結凍的露珠閃閃發光。幻燈會即將開始，請大家睜大眼睛觀賞，可別眨眼、打呵欠。

「今晚還邀請到兩位嘉賓，所以請大家務必保持安靜，絕不能朝他們扔栗子皮。致詞完畢。」

大夥又開心地鼓掌。四郎悄聲對康子說：「紺三郎表現得真好。」

嗶的一聲，笛聲響起。

布幕上映著幾個大字——「不該喝酒」。片名消失後出現的是照片，畫面中有個喝醉的老爺爺，手裡握著看不清是什麼，圓圓的東西。

大夥兒開始踏步、唱歌。

嘰咕、嘰咕、咚咚。嘰咕、嘰咕、咚咚。

「凍雪沉甸甸，硬雪硬梆梆，
草原的饅頭熱呼呼，
喝得醉醺醺的太右衛門，
去年一口氣吃了三十八顆。」

嘰咕、嘰咕、嘰咕、嘰咕、咚咚咚。

照片消失了。

四郎悄聲對康子說：「紺三郎哼過這首歌。」

另一張照片出現，有個喝醉的年輕人將臉埋進用朴樹葉做的碗，不知在吃些什麼。身穿白褲裙的紺三郎站在另一頭，望著年輕人。

大夥又開始踏步、唱歌。

嘰咕、嘰咕、咚咚。嘰咕、嘰咕、咚咚。

「凍雪沉甸甸，硬雪硬梆梆，
草原的蕎麥麵熱呼呼，
喝得醉醺醺的清作，
去年一口氣吃了十三碗。」

嘰咕、嘰咕、嘰咕、嘰咕、咚咚咚。

照片消失，就這麼暫停了一會兒。

可愛的小母狐端來兩盤黃米麵糰子，四郎根本不敢吃。因為他剛剛才看到，太右衛門和清作不曉得吃了什麼怪東西。

狐狸學校的學生們全看向兄妹倆，交頭接耳地說著：「他們會吃嗎？你覺得呢？他們會吃嗎？」

只見康子拿著盤子羞紅了臉，四郎則是下定了決心，說道：

「好，吃吧！我們吃吧，我相信紺三郎先生不會欺騙我們。」

兄妹倆吃完所有的黃米麵糰子，這東西還真美味。狐狸學校的學生們興高采烈地跳起舞來。

嘰咕、嘰咕、咚咚。嘰咕、嘰咕、咚咚。
「白天是炎熱陽光，
夜晚是明亮月光，
就算身體被劈開，
狐狸學生也不撒謊。」
嘰咕、嘰咕、咚咚。嘰咕、嘰咕、咚咚。
「白天是炎熱陽光，
夜晚是明亮月光，
就算昏倒在路旁，
狐狸學生也不偷盜。」
嘰咕、嘰咕、咚咚。嘰咕、嘰咕、咚咚。
「白天是炎熱陽光，
夜晚是明亮月光，
就算身體被撕碎，
狐狸學生也不妒怨。」
嘰咕、嘰咕、咚咚。嘰咕、嘰咕、咚咚。

四郎與康子開心又感動地哭了。

嗶的一聲，笛聲響起。

布幕上先是映著「小心陷阱」幾個大字又消失，接著出現的是圖畫，描繪狐狸權兵衛的左腳誤踩陷阱的光景。

「狐狸呀！小狐狸。去年狐狸權兵衛的左腳誤踩陷阱，鏗鏗、啪答啪答、鏗鏗鏗。」

大家又唱起歌來。

四郎悄聲對康子說：「這是我作的歌呢！」

圖畫消失，布幕上映出「別小看火」幾個大字。大字消失後又出現圖畫，描繪狐狸權助想偷烤魚，結果尾巴著火的場面。

狐狸學生們齊聲大喊：

「狐狸呀！小狐狸。去年狐狸權助想偷烤魚，結果尾巴著火，鏘鏘鏘。」

嗶的一聲，笛聲響起，布幕忽然變亮，紺三郎又現身說道：

「各位，今晚的幻燈會就此告一段落，有件事請務必銘記在心。那就是有兩個聰明、沒喝醉的人類小孩，吃了我們狐狸做的食物，所以大家不管今後或是長大後，也不可以欺騙人類、妒怨人類，要將人類以往對我們狐狸的壞印象一掃而空。以上是我的閉幕謝詞。」

狐狸學生們無不感動地紛紛起身、振臂歡呼，臉上淚光閃閃。

紺三郎走到兄妹倆面前，恭謹地鞠躬行禮：

「那就後會有期了，我絕不會忘記今晚兩位的恩情。」

兩人回禮後準備返家，狐狸學生們紛紛追了上來，將橡果、栗子，還有閃著青光的石子塞進他們的懷裡和口袋。

「這個送你們！」「請收下這個。」說完後，又像一陣風似的跑開。

紺三郎微笑看著這光景。

兄妹倆步出森林，來到原野。

只見雪白原野上有三個黑影走向他們，原來是哥哥們來接他們回家。

1—日本傳統曲藝，以說唱為主、三味線伴奏。

2—又稱浪曲，江戶時代末期興起於大阪的日本曲藝。

3—茨城縣北部出產的大理石材。

貝之火

赫摩伊拿起寶石端詳著。
儘管裡頭燃燒著紅色與黃色火焰，
寶石卻如此冰冷、美麗又澄澈。

兔子們全換上茶色短袖衣服。

草原上的青草閃閃發亮，遍生四處的樺樹盛開白花。

廣闊草原沁滿宜人芳香。

小兔子赫摩伊興奮地蹦蹦跳跳，說道：

「哇——好香啊！一定很好吃！鈴蘭看起來口感好脆喔！」

清風徐徐，鈴蘭的花葉相互摩擦，發出沙沙聲響。

開心的赫摩伊迫不及待地奔跑在草原上。

接著牠突然停下來，雙手交叉抱在胸前，無比欣喜地說：

「我簡直就像站在河面上表演特技呢！」

赫摩伊不知不覺來到了河岸邊。冰冷的河水轟鳴，河床的砂礫閃現著光芒。

牠微偏著頭，喃喃自語：

「要不要跳到對岸看看呢？我在想什麼啊？不過，對岸的草看起來好像很糟。」

就在這時，上游忽然傳來急切的叫聲：

「噗嚕嚕嚕、嗶、嗶、嗶、嗶，噗嚕嚕嚕、嗶、嗶、嗶、嗶！」

一團淺黑色、毛茸茸，像是鳥兒的東西，正拚命掙扎地漂流著。

赫摩伊趕緊奔到岸邊，等著那團東西漂過來。

原來在水裡載浮載沉的是小雲雀。赫摩伊忽然跳進水裡，用前腳緊緊捉住小雲雀，只見牠驚嚇不已，張大了黃色鳥喙鳴叫著，聲音大到快要震破赫摩伊的耳膜。

赫摩伊連忙使盡全力用後腳踢水，一邊安撫著小雲雀：「沒事了！沒事了！」此時瞧了一眼小雲雀的赫摩伊，嚇得差點鬆開前腳。那是一張滿布皺紋，有著大大的鳥喙，看起來像是蜥蜴的臉。

但這隻勇敢的小兔子即使因為恐懼而緊抿著嘴，也絕不會鬆開前腳，還拚命將小雲雀舉高。牠們就這樣越漂越遠，赫摩伊即便被湍急水流嗆了好幾次，還是努力護著小雲雀。

河水剛好流經一道彎處，有根突出的楊柳小樹枝啪嚓啪嚓地敲擊水面。赫摩伊

使勁咬住樹枝，力道大到讓青色樹皮都露了出來。接著牠便奮力將小雲雀投向河岸的柔軟草地，自己也跳上岸去。

小雲雀倒在草地上，翻著白眼，渾身不停顫抖。赫摩伊也累得腳步踉蹌，但牠還是強打起精神，摘了好幾朵楊柳樹的白花蓋在小雲雀身上。小雲雀像是要表達謝意似的，抬起鼠灰色的臉，赫摩伊見狀突然嚇得後退，隨即尖叫逃離。

就在這時，從空中咻的一聲，降下有如箭矢般的東西。赫摩伊頓時停下腳步，回頭一瞧，原來是雲雀媽媽。只見身子不住顫抖的牠，默默地用力抱住小雲雀。

赫摩伊想著應該沒事了，便飛也似的跑回家。

正在家裡捆紮白色野草的兔媽媽，看見狂奔回家的赫摩伊，不禁嚇了一跳。

「哎呀！你怎麼啦？臉色好差啊！」兔媽媽趕緊拿起放在架子上的藥箱。

「媽媽，我救了溺水的毛茸茸鳥寶寶。」赫摩伊說。

兔媽媽從藥箱裡拿出一包萬能散，遞給赫摩伊問道：

「你說的毛茸茸鳥寶寶是雲雀嗎？」

赫摩伊接過藥來。

「應該是吧。啊——頭好暈喔，媽媽，四周怎麼看起來怪怪的……」

赫摩伊還沒說完，便突然昏倒在地，原來牠已經發著高燒。

◆

赫摩伊在兔爸爸、兔媽媽，還有兔醫生的悉心照料下，總算完全康復。此時的鈴蘭已結出綠色果實。

某個無雲的靜謐夜晚，大病初癒後的赫摩伊總算步出家門。

紅色流星頻頻掃過南方天際，赫摩伊出神望著這幅美景。此時，天空突然傳來噗嚕嚕的振翅聲，兩隻小鳥飛到牠面前。

只見比較大的那隻鳥兒小心翼翼將某個發著紅光的東西放在草地上，畢恭畢敬地說：「赫摩伊先生，您是我們母子倆的大恩人。」

在紅光映照下，赫摩伊才看清來者是誰，問道：「你是那時候的雲雀嗎？」

雲雀媽媽回答：「是的，那時真是太感激了。謝謝您救我兒子一命，您還因此生了病，已經都沒事了嗎？」

雲雀母子頻頻行禮道謝。

「我們每天都飛來這附近，等待您出現。這是我們國王送給您的謝禮。」

雲雀媽媽一邊說，一邊將剛才那個發著紅光的東西放在赫摩伊面前，解開薄得有如輕煙的包巾。裡頭是一顆七葉樹果實般大小的圓形寶石，寶石中燃燒著火焰。

雲雀媽媽又說了：

「這是一顆名為『貝之火』的寶石。國王說只要交到您手上，這顆寶石就會變得非常漂亮，請您務必笑納。」

赫摩伊笑著說：「雲雀太太，我不需要這東西，您還是收回吧。這麼漂亮的東西我只要看看就很滿足了，如果我還想看，再去找您就行了。」

雲雀媽媽回道：「不，拜託您一定要收下。這是我們國王的謝禮，您要是不收，我和孩子就得切腹謝罪。好了，孩子，快過來行禮道謝，我們要走了。」

雲雀母子再三道謝後，便匆匆飛走。

赫摩伊拿起寶石端詳著。儘管裡頭燃燒著紅色與黃色火焰，寶石卻如此冰冷、美麗又澄澈。赫摩伊將寶石湊近雙眼，再舉高對著天空望去，發現火焰消失了，取而代之的是一道清透明亮的銀河；拿遠一瞧，又出現美麗火焰。

赫摩伊捧著寶石走進屋裡，立刻拿給兔爸爸看。只見兔爸爸接過寶石，摘掉眼鏡仔細觀察後，說道：

「這顆鼎鼎大名的寶石叫做『貝之火』，可是很珍貴呢！到目前為止，只有兩隻鳥和一尾魚，能一輩子滿足地擁有這顆寶石。你可要小心，別讓它失去光芒啊！」

赫摩伊說：「雲雀也是這麼說呢！放心吧！我絕不會讓它失去光芒。我會每天吹它一百遍，再用紅雀毛擦一百遍。」

兔媽媽也拿起寶石細瞧許久，然後說：

「聽說這顆寶石很脆弱。不過啊，已逝的鷲大臣擁有這顆寶石時，曾經遇上火山爆發，正當牠四處指揮鳥兒們疏散避難，這顆寶石被石塊群擊中，就這樣流進火紅岩漿。沒想到它不但毫無損傷，還變得更美呢！」

兔爸爸也說：「是啊，這是很有名的事蹟。赫摩伊，你將來或許會成為像鷲大臣一樣的大人物，可要好好注意自己的言行喔！」

赫摩伊只覺得好累、好睏，牠躺在自己的床上說：「放心，我一定會鞭策自己。媽媽，我要抱著這顆寶石睡覺。」

兔媽媽將寶石遞給牠，抱著寶石的赫摩伊沒多久就睡著了。

當晚，赫摩伊做了一個美麗的夢。夢中的天空燃燒著黃色、綠色火焰，草原變成一片金黃，許多小風車有如蜜蜂般，在空中飛舞低吟。仁義兼備的鷲大臣披著隨風飄搖的銀色斗篷，環視閃著金光的草原。赫摩伊開心地不停大喊：

「哇！我做到了！我做到了！」

隔天早上，赫摩伊在七點醒來，第一件事就是察看寶石。它顯然比昨天更美了。赫摩伊窺看著，開始喃喃自語：

「看到了！我看到了！那裡有個火山口，火噴出來了，噴出來了！好有趣喔，好像煙火。哇——不得了，湧出來的岩漿分成兩道，好壯觀喔！火花！有火花耶！好像閃電。流瀉出來的光變成金黃色，太厲害了！實在太壯觀了！又開始噴火了。」

兔爸爸已經出門，兔媽媽微笑地端著美味的白草根、藍薔薇果實走進來。

「趕快去洗臉，今天要做點運動喔！讓我看看那顆寶石。哇，真的好漂亮呢！你洗臉的時候，借媽媽看一下吧。」

「好啊！這是我們家的寶物，所以也是媽媽的寶物囉。」

赫摩伊說完，隨即從家門口的鈴蘭花葉接了好幾顆露水，好好梳洗一番。

吃過早餐後，赫摩伊朝寶石吹氣好多次，又用紅雀毛擦拭好多遍，再用紅雀的胸毛把寶石包裹好，放進原先用來裝望遠鏡的瑪瑙盒，遞給兔媽媽便出門了。

微風吹拂，草上的露珠滴落，風鈴草敲起晨鐘：「鏗、鏗、鏗鐺、鏗鐺鐺——」

赫摩伊蹦蹦跳跳地來到樺樹下。一匹老野馬迎面走來，有點害怕的赫摩伊正想轉身折返，老野馬卻向牠恭敬地行禮說道：

「您是赫摩伊大人嗎？貝之火能夠由您收著，真是可喜可賀。這顆寶石上次歸獸類所有，已經是一千二百年前的事了。其實我也是今早才得知這個消息，忍不住感慨落淚。」

老野馬突然啜泣起來。這一幕讓赫摩伊目瞪口呆，只見老野馬涕泗縱橫，還掏出包巾般大小的淺黃色手帕拭淚。

「您是我們的恩人，還請務必保重身體。」老野馬說完，隨後行禮離開。

赫摩伊很開心，卻又滿腹狐疑，牠怔怔地思索了一會兒，才朝接骨木的樹蔭下走去。那裡有兩隻看似很要好的年輕松鼠正在吃年糕，一見赫摩伊走進來，牠們嚇得趕緊起身拉好衣領，慌張吞下嘴裡的食物。

「松鼠先生，早啊！」

赫摩伊打了招呼，兩隻松鼠站得直挺挺的，毫無回應。

赫摩伊趕緊說：「松鼠先生，今天要不要也一起去哪裡玩呢？」

只見兩隻松鼠驚訝地瞪大雙眼、面面相覷，隨即一溜煙地逃走。

赫摩伊愣住了，鐵青著臉回家。

「媽媽，不知道為什麼，大家都變得好奇怪喔，連松鼠先生也不理我了。」

兔媽媽微笑回道：

「這是當然的啊！你已經變成了不起的大人物，松鼠們不好意思跟你太親近，所以你往後要格外注意自己的言行，別讓大家笑話喔！」

「媽媽，這我知道啦！可是……我真的已經變成大將軍了嗎？」赫摩伊說。

「可以這麼說。」兔媽媽欣喜地回應。

赫摩伊開心地手舞足蹈。

「太棒了！太棒了！現在大家都成了我的手下，我再也不必害怕狐狸了。媽媽，我要封松鼠先生當少將，至於老馬嘛，就封牠當大佐吧！」

「是啊！不過，可別太得意忘形喔！」兔媽媽笑著叮囑。

「不會啦！媽媽，我出去一下。」

赫摩伊說完，又蹦蹦跳跳地奔向草原。這時候，壞心眼的狐狸突然一陣風似的跑過牠眼前。

不禁渾身發抖的赫摩伊，還是鼓起勇氣大喊：

「站住！狐狸！我可是大將軍喔！」

狐狸嚇得回頭，臉色驟變地說：

「是，小的知道。請問將軍有何吩咐？」

赫摩伊拚命地撐出氣勢說：

「我被你這傢伙欺負得好慘啊！現在你可是我的手下了。」

狐狸像是快要昏厥了，高舉雙手回道：

「小的知錯了，還請您饒恕。」

赫摩伊興奮地說：

「這次就破例放你一馬吧！我封你為少尉，可得好好幹喔！」

狐狸高興地在原地轉了四圈。

「是、是！感謝大人賞賜。小的什麼都願意做，要不要去幫您偷點玉米呢？」

「不行，不可以做壞事。」赫摩伊說。

「是、是，小的以後絕對不做了，隨時聽候您差遣。」狐狸搔搔頭回應。

「有事會叫你，你走吧！」赫摩伊說。

狐狸連忙行了好幾次禮，隨即跑開。

赫摩伊雀躍不已，在草原上走來走去，微笑著喃喃自語。就在牠滿腦子想著各種開心的事情時，太陽已經像破碎的鏡子落到了樺樹那一頭，赫摩伊也趕緊踏上歸途。

兔爸爸早已返家，當晚全家吃了一頓美味晚餐，赫摩伊也同樣又做了美夢。

隔天，赫摩伊照媽媽的吩咐帶著竹簍來到草原。

只見牠一邊採集鈴蘭果實，一邊嘟囔著：

「堂堂大將軍還要採鈴蘭果實，實在很怪啊！要是被誰看到了，肯定會嘲笑我。如果狐狸在就好了。」

忽然，腳下好像有什麼在蠢動，赫摩伊低頭一看，原來是鼴鼠正挖著土前進。

赫摩伊大喊：「鼴鼠、鼴鼠，胖胖的鼴鼠，你知道我變成大人物的事嗎？」

窩在土裡的鼴鼠回道：「您是赫摩伊大人嗎？我當然知道呀！」

「是嗎？那就好。我封你為軍曹，但你得幫我做點事。」赫摩伊得意洋洋地說。

「是！您有何吩咐？」鼴鼠戰戰兢兢地問。

「幫我採些鈴蘭果實。」赫摩伊不假思索地說。

鼴鼠在土裡冷汗直流，搔著頭說：

「恕小的難以從命，因為我無法在明亮的地方工作。」

赫摩伊怒吼起來：

「是嗎？那就算了，不拜託你了，給我走著瞧！真是不識好歹！」

鼴鼠頻頻道歉：「還請大人原諒，我要是曬太久陽光，可是會丟命啊！」

赫摩伊氣得直跺腳：「算了！算了！別說了。」

此時，對面接骨木的樹蔭下有五隻松鼠正在探頭探腦，牠們來到赫摩伊面前，頻頻點頭行禮。「赫摩伊大人，請容我們替您採鈴蘭果實。」

「好吧，那就交給你們了。我封你們是少將！」赫摩伊說。

松鼠們興沖沖地開始工作。

接著，前方又來了六匹小馬，在赫摩伊面前停下，其中最大的一匹馬說：

「赫摩伊大人，請您也讓我們效勞吧。」

赫摩伊欣喜地說：

「好啊！你們都是我的大佐，我要是叫喚一聲，你們就要馬上趕來喔！」

小馬們也雀躍了起來。

鼴鼠在土裡哭訴著：

「赫摩伊大人，也請吩咐一件我能做的差事吧，我一定會好好做的。」

還在氣頭上的赫摩伊只是跺腳怒吼：

「你就不必了。要是狐狸來了，你們這些鼴鼠就遭殃啦！給我小心點！」

土裡頓時悄無聲息。

於是，松鼠趁著天黑前採了一大堆鈴蘭果實，喧喧嚷嚷地送到赫摩伊的家。

兔媽媽被喧鬧聲嚇到了，開門瞧個究竟。

「哎呀！松鼠先生，這是怎麼回事啊？」

赫摩伊從旁插嘴：「媽媽，瞧瞧我的本領，什麼事都難不倒我呢！」

兔媽媽沒回應，只是默默思忖著。

這時兔爸爸剛好回來，看到這番光景便說：「赫摩伊，你是不是做過頭啦？聽說鼴鼠一家人都嚇壞了，哭得很傷心呢！還有，這麼多果實是要給誰吃啊？」

赫摩伊哭了起來。松鼠們同情地瞅了牠一會兒，便偷偷摸摸溜走了。

兔爸爸又說：「你這樣不行。去看看貝之火，肯定變得黯淡不少。」

這下子，連兔媽媽都哭了。牠一面用圍裙悄悄拭淚，一面從櫃子取出裝著那顆美麗寶石的瑪瑙盒。

兔爸爸接過瑪瑙盒打開蓋子，不禁大吃一驚。

寶石比昨晚更加紅艷，火焰也越發熾烈。

一家三口出神地看著寶石。兔爸爸默默將寶石遞給赫摩伊，開始用餐。赫摩伊也不再哭泣，全家又愉快地一起說笑，吃完晚餐便休息。

◆

隔天清晨，赫摩伊又來到草原。

今天也是好天氣，但是被摘掉果實的鈴蘭，不再像從前發出清脆聲響。

狐狸從草原的遠端狂奔而來，在赫摩伊面前停下：

「赫摩伊大人，聽說您昨天吩咐松鼠採鈴蘭果實，今天換小的幫您帶點好東西如何？這種東西黃黃的、很膨鬆，容小的多嘴，大人您怕是沒見過呢！還有啊，聽說昨天鼴鼠受罰了，這傢伙本來就很自以為是，要不我把牠趕進河裡吧。」

「放過牠吧，我今天早上已經原諒牠了。不過，那個好吃的東西你先帶些過來吧。」赫摩伊回道。

「遵命，大人。請稍待十分鐘，十分鐘就好。」狐狸說完，就像陣風消失了。

赫摩伊在原地大喊：「鼴鼠、鼴鼠，胖胖的鼴鼠！我已經原諒你，別哭了。」

土裡一片靜寂。

這時，狐狸又從遠處跑了過來。牠掏出偷來的牛角麵包，一邊說著：

「大人請享用。這就是所謂的天堂油炸餅，可是最上等的食物呢！」

赫摩伊嚐了一口，確實十分美味。

「這東西是哪種樹長出來的啊？」赫摩伊問狐狸。

只見狐狸別過臉，哼笑一聲才回答：「是一種叫『廚房』的樹，也可以說是『飯廳』囉。您要是喜歡，我每天都給您帶來。」

「那麼每天給我帶三個，行嗎？」赫摩伊說。

狐狸眨了眨眼，一臉明白地說：「是，遵命。不過，您可別阻止我捉雞喔！」

「好，我答應你。」赫摩伊說。

「那我再去拿兩個過來，湊齊今天的份。」狐狸說完，又一溜煙地跑掉了。

赫摩伊想著要把這東西帶回家給爸媽嚐嚐。恐怕連爸爸都不曉得有這麼好吃的東西吧，我真是孝順啊！

狐狸啣了兩個牛角麵包，放在赫摩伊面前，急急說了句「告辭」便跑著離去。

「狐狸每天到底都在做什麼啊？」赫摩伊喃喃自語，帶著麵包回家。

今天，兔爸爸和兔媽媽在家門口曬鈴蘭果實，赫摩伊拿出牛角麵包說：「爸爸，我帶了好東西回來喔。這個給您，您吃吃看。」

兔爸爸接過麵包，摘下眼鏡細瞧了一會兒說：「這是狐狸給你的吧？這可是偷來的東西，我不吃。」

兔爸爸把赫摩伊要給兔媽媽的那個麵包也搶了過來，連同自己手裡的一起扔在地上踩爛。赫摩伊見狀嚎啕大哭，兔媽媽也跟著哭了。

兔爸爸來回踱步說著：

「赫摩伊，你太不長進了。去看看那顆寶石，恐怕早就碎掉了。」

兔媽媽哭著拿出盒子，結果寶石一受陽光照射，就像要升天似的美麗燃燒著。

兔爸爸將寶石遞給赫摩伊，赫摩伊看著寶石，終於止住了眼淚。

◆

隔天，赫摩伊又來到草原。

狐狸跑了過來，馬上遞給牠三個牛角麵包。赫摩伊趕緊把麵包拿回家，放在廚房的架子上，再返回草原，只見狐狸還留在原地。

「赫摩伊大人，要不要來做點好玩的事啊？」

「什麼好玩的事？」赫摩伊問道。

狐狸回答：「給鼴鼠一點懲罰如何？那傢伙可是這片草原的害蟲啊！而且還是懶惰鬼！不過您已經原諒牠了，那就由我來給牠一點教訓，您在旁邊看著就行了。」

「嗯，若真是這樣，給牠一點教訓也好。」赫摩伊說。

狐狸在地上東嗅西聞、踩來踱去後，搬起了一塊大石頭。只見石頭底下就是嚇得直打哆嗦的鼴鼠一家八口。

「快啊！快跑啊！再不跑的話，我可要咬死你們喔！」狐狸一邊說，一邊用力頓足。

「對不起！對不起！」

鼴鼠全家雖然想逃，但因為眼睛見不得光，雙腳又無力，只能死命抓著野草，而最小的鼴鼠早已嚇得仰身昏厥。狐狸露出尖牙，赫摩伊也不由自主地「噓、噓」吆喝著，用力跺腳。

就在這時傳來了喝斥聲：「你們在幹什麼?!」

狐狸嚇得四下張望，然後便一溜煙地逃掉了。說話的原來是兔爸爸。

兔爸爸趕緊把鼴鼠全家放進洞穴，再搬回大石頭，然後揪著赫摩伊的脖子，把牠拖回家。

兔媽媽走出來，依偎在兔爸爸身上哭泣。兔爸爸說：

「赫摩伊，你實在很胡來！這次貝之火真的會碎掉，去拿出來看看！」

兔媽媽一邊拭淚，一邊拿出盒子。

兔爸爸打開盒子一瞧，大驚失色。貝之火居然變得更加美麗，噴射出紅、綠、藍等各種顏色的火焰，既像是地雷引爆、烽煙四起，也像是閃電劃過，流洩著光之血。不一會兒，水藍色火焰占滿整顆寶石，這次顯現的是一整片虞美人草、黃色鬱金香、薔薇與螢草隨風搖曳的景象。

兔爸爸默默將寶石遞給赫摩伊。赫摩伊立刻停止哭泣，高興地看著寶石。

兔媽媽這才安下心來，開始準備午餐。

全家圍坐在一起啃著麵包。「赫摩伊，你可要提防狐狸啊！」兔爸爸說。

「爸爸別擔心，狐狸沒什麼好怕的。況且我有貝之火啊！我不會讓它碎掉、髒掉的。」赫摩伊回道。

「真是顆不得了的寶石啊！」兔媽媽說。

「媽媽，這顆寶石注定是我的。說什麼我如果做了壞事，貝之火就會飛走，真有這種事嗎？我可是每天都吹它一百遍、擦它一百遍呢。」赫摩伊得意地說。

「真是這樣就好了。」兔爸爸說。

那天晚上，赫摩伊做了一個夢，夢見自己單腳站在好高、好尖的山頂上。赫摩伊哭著嚇醒了。

◆

隔天早上，赫摩伊又來到草原。

今天一片陰沉霧氣，草木靜寂，就連山毛櫸的葉子都紋風不動，只有風鈴草的晨鐘聲響徹雲霄。

「鏗、鏗、鏗鐺、鏗鐺鐺——」遠方傳來最後一聲鐘響。

穿著短褲的狐狸帶來了三個牛角麵包。

「狐狸，早啊。」赫摩伊說。

狐狸露出讓人不舒服的笑容說：

「哎呀！昨天實在嚇到我了！赫摩伊大人的父親可真是頑固啊！後來還好嗎？應該馬上就消氣了吧？今天我們再去做件更好玩的事吧，您討厭動物園嗎？」

「不會，不討厭。」赫摩伊說。

狐狸從懷裡掏出一張小小的網子，說道：

「您瞧，只要有這東西，不管是蜻蜓、蜜蜂、麻雀，還是橿鳥，就連體型更大的傢伙也抓得到喔！我們把這些統統抓來，弄個動物園如何？」

赫摩伊光是想像起動物園的光景，就已經樂不可支。

「好啊！不過，用這網子真的抓得住嗎？」

狐狸一臉詭異地說：

「放心，您快把麵包拿回家放好吧。等您回來時，我就差不多捉到一百隻了。」

赫摩伊趕緊把麵包帶回家，放在廚房的架子上，又趕回草原。只見狐狸已經在霧中的樺樹上架好網子，張嘴大笑。

「哈哈哈哈！您看，已經捉到四隻了。」

狐狸指著不知從哪兒弄來的一口大玻璃箱說道。

箱子裡的確有橿鳥、黃鶯、紅雀、金翅雀這四隻鳥，正拍打翅膀亂竄著。但大家一見到赫摩伊，都突然放心似的安靜下來。

黃鶯隔著玻璃說：「赫摩伊大人，請您救救我們吧！我們被狐狸捉住，明天一定會被吃掉。求求您了！大人！」

赫摩伊正打算開箱，這時狐狸卻蹙起額上的黑色皺紋，橫眉豎眼地大吼：

「赫摩伊！別不識好歹！你敢碰那個箱子，我就把你吃了！你這個小偷！」

狐狸的嘴張大得就像快裂開了一樣。

赫摩伊嚇壞了，拔腿狂奔逃回家。今天兔媽媽去了草原，所以家裡沒人。

赫摩伊的心跳得好快，牠想看看那顆貝之火，於是打開盒子。

寶石還是像火焰般燃燒著，但不曉得是不是心理作用，牠總覺得有個小針孔般的白色污點隱約可見。

赫摩伊好在意這個污點，使勁朝寶石呼呼吹氣、用紅雀胸毛輕輕擦拭，卻怎麼樣都清除不掉。

此時返家的兔爸爸，看見赫摩伊臉色不太對勁，便問道：

「赫摩伊，貝之火變髒了嗎？你的臉色好難看啊！快給我瞧瞧。」

兔爸爸拿起寶石看了看，笑著說：

「還好啊！馬上就能擦掉啦！感覺黃色的火勢更強了，快給我一些紅雀毛。」

兔爸爸認真擦拭著貝之火，但污點不僅沒清除，似乎還越變越大。

兔媽媽也回來了。牠默默從兔爸爸手上接過寶石，端詳一會兒後嘆了口氣，也跟著吹氣、擦拭起來。

一家三口就這樣沉默地嘆氣，輪流拚命擦拭著貝之火。

轉眼天色已暗，兔爸爸像是突然注意到什麼似的起身說道：「先吃飯吧，今晚用油浸泡一夜看看，也只能這樣了。」

此時兔媽媽驚呼：「哎呀！我忘了煮飯。家裡沒有吃的，我們就吃前天採的鈴蘭果實和今早的牛角麵包吧。」

「嗯，好吧。」兔爸爸回道。

赫摩伊嘆了一口氣，將寶石放回盒子，靜靜地望著它。

一家人默默吃完飯。「倒油進去試試吧。」兔爸爸說，一邊從架子上拿下裝著榧樹籽油的瓶子。

赫摩伊接過瓶子，把油倒進裝著貝之火的瑪瑙盒。

隨後一家三口熄了燈，早早就寢。

赫摩伊在半夜醒來。

牠躡手躡腳地起床，偷偷瞧了一眼放在枕邊的貝之火。貝之火在油裡發出魚眼般的銀光，先前的紅色火焰熄滅了。

赫摩伊放聲大哭，兔爸爸、兔媽媽驚醒過來，趕緊開燈。

貝之火變得就像一顆鉛球。赫摩伊哭著把狐狸張網捕鳥的事告訴父親。

兔爸爸趕緊換上外出服，說道：

「赫摩伊，你真是蠢啊！我也是。你不是因為救了雲雀而得到這顆寶石嗎？你前幾天還說這東西注定是你的。快！我們去一趟草原，狐狸說不定還張著網，你得和狐狸對抗到底。我當然也會幫你。」

赫摩伊哭著站起來，兔媽媽也哭著跟在父子後頭追了出去。

濃霧籠罩，天就快亮了。

狐狸果然還張著網站在樺樹下，牠瞧見赫摩伊一家三口，咧嘴大笑。

兔爸爸怒聲喝斥：「狐狸！你一再欺騙赫摩伊，實在太可惡了！這筆帳非跟你好好算不可！」

狐狸露出狡獪的神情回道：「吃掉你們三個也不錯呢！但我要是因此受傷就不好了，畢竟還有更好吃的東西等著我。」

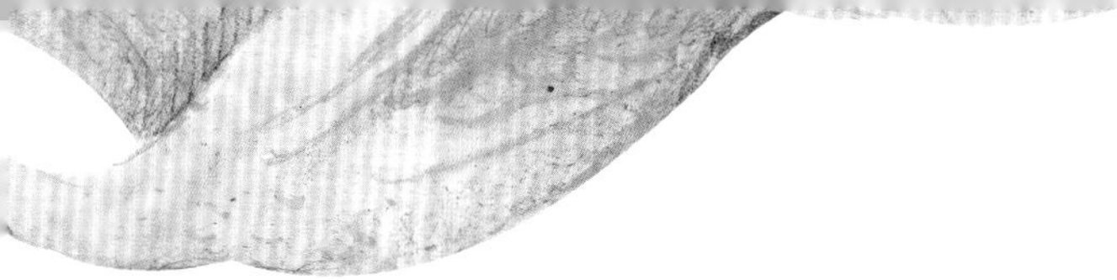

狐狸說完便扛起玻璃箱，準備逃走。

「給我站住！」兔爸爸拚命壓住箱子，狐狸抵擋不過，只好棄箱逃逸。

箱子裡關著上百隻哭得很傷心的鳥兒，除了麻雀、橿鳥、黃鶯之外，還有好大一隻貓頭鷹，甚至連上次那對雲雀母子也被活捉了。

兔爸爸一打開箱子，飛出來的鳥兒們全都趴在地上，異口同聲地說：

「承蒙搭救，實在感激不盡。」

「別這麼說，真是太慚愧了，你們國王送了這麼珍貴的寶石，我們卻還是讓它失去光芒了。」兔爸爸回道。

「出了什麼事呢？可以讓我們看一下嗎？」鳥兒們齊聲問道。

「麻煩你們了。」

兔爸爸請鳥兒們到家裡一趟，赫摩伊哭喪著臉，跟在大家後頭。貓頭鷹緩緩地大步走著，還不時回頭，用嚴厲的眼神看著赫摩伊。

大夥兒來到赫摩伊的家，家裡的地板、架子和桌子頓時全被鳥兒占滿。貓頭鷹掃視著眾鳥，作勢咳了好幾聲。

兔爸爸拿出已成一塊白石的貝之火，「已經變成這樣，也不怕你們笑話了。」

就在此時，貝之火突然迸出清脆聲響，裂成兩半，接著發出啪嘰、啪嘰的巨響，冒出一陣煙之後裂得粉碎。

站在家門口的赫摩伊發出啊的一聲，昏倒在地，四散的粉末噴進牠的眼睛。大夥兒嚇得趕緊衝過去察看，此時又響起嗶嘰、嗶嘰的聲響，剛才的煙再次聚集，逐漸結成幾塊碎片，最後有兩塊碎片合而為一，又變回原先的貝之火。寶石有如火山爆發般熊熊燃燒，似夕陽般閃耀，隨即咻的一聲飛出屋外。

沒了興致的鳥兒們陸續散去，只剩貓頭鷹還在。牠環視屋內，嘲諷地說：「僅僅六天啊！呵呵！僅僅六天啊！呵呵！」隨即大步走了出去。

赫摩伊的雙眼變得像先前的貝之火那樣白濁，完全失明了。

兔媽媽難過得不停哭泣，兔爸爸雙手交叉抱胸思索了一會兒，然後靜靜地拍拍赫摩伊的背，說道：「別哭了，不管在哪裡都會發生這種事，從中學到教訓就好。你的眼睛一定會好起來的，爸爸會想辦法讓你重見光明。好了，別哭了。」

窗外霧氣漸散，鈴蘭葉子閃閃發亮，風鈴草也「鏗、鏗、鏗鐺、鏗鐺鐺——」敲響著晨鐘。

那米床山的熊

熊啊！我不是因為恨你而殺你啊！
我也是為了營生，不得不射殺你呀！

說到那米床山的熊，可真是有趣。那米床山是一座巍峨大山，也是淵澤川的發源地。這座山一年到頭，大部分時日都吸吐著霧氣或雲海，四周也盡是有如藍黑色海參與海妖的山。山的中央處有個大洞穴，淵澤川在此處突然成了一道三百尺高的瀑布，從茂密的檜木林間流瀉而下。

此時的中山街道是人跡罕至，長滿蜂斗菜、虎杖的荒僻山徑，還設了防止牛隻遁逃的柵欄。不過，沿著這條鋪滿枯葉的山徑走上三里路，便能聽見風從另一頭呼嘯拂過山頂的聲音。望向遠方，只見一道白色細長之物順著山勢墜落，激起陣陣白煙，那就是那米床山的大空瀑布。

據說以往這一帶是熊的棲居地。其實我沒見過那米床山，也沒見過熊膽，只是聽聞罷了。或許多少和事實有些出入，但我想這傳聞應該錯不了，畢竟那米床山的熊膽可是名聞遐邇的珍品。

熊膽可以治療腹痛與外傷，鉛湯入口[1]自古以來也掛著「那米床山熊膽」字樣的招牌，足見那米床山確實有吐著紅舌的熊出沒，還有小熊們打鬧。這裡也是捕熊名人淵澤小十郎的獵場。

淵澤小十郎是個有斜視、皮膚黝黑，壯碩得像個小石臼的老頭，手掌有如北島昆沙門天[2]為人治病時打的手印般又大又厚。夏天時，小十郎穿著菩提樹皮做的蓑衣、

綁著綁腿，帶著番人用的山刀、背著來自葡萄牙又大又重的槍，在健壯黃狗隨行下，踏遍那米床山、山菜澤、三叉口、紅鮭山、狸穴森與白澤等各處。因為樹林蒼鬱，溯著山谷前行就像是走在藍黑色隧道，沿途不時有如花盛開的陽光灑落，照得某處格外鮮綠、金黃。緩步其間的小十郎，就像身處自家起居室般悠閒。

走在前方的獵犬一會兒奔過山崖，一會兒撲通跳進水裡，只見性急的牠奮力游過難游的水域，總算爬上岸邊岩石，抖掉狗毛上的水，皺著鼻等候主人。小十郎將雙腳像圓規般在水裡插入拔出，膝上濺起有如屏風的白色水花，癟著嘴終於跟上。

雖說不能以偏概全，但是那米床山一帶的熊並不討厭小十郎。證據就是牠們會從高處望著小十郎涉水越過山谷，或是行經長滿薊草的狹小岸邊。有的熊抱著樹枝站在樹上、有的熊屈膝坐在崖上，好奇瞧著小十郎，牠們甚至看那隻獵犬似乎也挺順眼。

不過，棲居深山的熊可不想跟小十郎遇上。因為牠們害怕那隻獵犬會像火球般撲來，還有眼裡閃著奇異光芒的小十郎將槍口對準牠們，所以要是真碰上了，大部分的熊都會嫌煩似的揮手驅趕，避免正面衝突。

然而，也有那種性情火爆的傢伙，不但挺直身子大聲咆哮，還會一副要將獵犬踩在腳下，作勢撲向小十郎的模樣。這時，小十郎會沉著地以樹為盾，瞄準熊的胸口白毛處開槍。只見熊發出響徹森林的淒厲叫聲，隨即倒下，從嘴裡流出汩汩黑血，從鼻間發出一陣低鳴，便斷了氣。

小十郎把槍倚靠在樹幹上，小心翼翼地走向熊說道：

「熊啊！我不是因為恨你而殺你啊！我也是為了營生，不得不射殺你呀！雖然也有那種不造孽的活兒，但我沒有田地，這片山林也歸官家所有，就算要去鎮上謀職，也沒人肯雇用我，所以我只好當起獵人了。倘若你今生之所以是熊，是出於前世的因果，那我幹這種營生也是因果吧，願你來世別再是熊。」

只見獵犬也無精打采地瞇起眼，蹲坐地上。

小十郎四十歲那年夏天，許多人身染瘧疾而亡，他的妻子和兒子也死於這場傳染病，這隻狗倒是倖存下來。

小十郎從懷裡掏出磨過的小刀，從熊的下顎處下刀，經由胸部到腹部劃開熊皮。接著就是我最討厭的光景——只見小十郎將鮮紅熊膽放進背上揹著的木箱，再把滴著血、扭成一團的毛皮用山澗清溪洗淨後，捲好揹在身上，迎著舒爽的風，緩步下山。

小十郎覺得自己似乎連熊說些什麼都聽得懂。某年早春，山裡還沒有半棵樹冒出綠芽，小十郎帶著獵犬攀登白澤山。到了傍晚時分，他原本打算登上通往拔海澤的山峰，在去年搭建的山中小屋過夜，卻不知為何，竟然弄錯了登山口。

小十郎趕緊下山又登山，不但隨行的獵犬精疲力盡，他自己也累到撇著嘴氣喘吁吁，就在體力快透支時，總算發現那間山中小屋。

他想起小屋下方不遠處有一道湧泉，便稍往下走，沒想到猛然瞧見一頭母熊帶著一頭應該未滿周歲的小熊，像人一樣擺出手抵額頭、舉目遠眺的姿勢，在初六的朦朧月色中凝望對面的山谷。小十郎覺得牠們身後彷彿散發著光芒，整個人像被震懾住了，紋風不動地注視這對熊母子。

小熊撒嬌似的說：「怎麼看就是雪啊！媽媽，只有山谷這邊變白了。怎麼看就是雪啊！媽媽。」

只見母熊又凝望了一會兒，才回道：「不是雪喔！怎麼可能只下在那邊呢！」

小熊又說：「所以是還沒融化的殘雪呀！」

「不可能，媽媽昨天才走過那裡看見薊草芽。」

小十郎也目不轉睛地望向那兒。

皎潔月光沿著山坡滑落，山坡像是穿上銀色鎧甲似的閃閃發光。

過了一會兒，小熊又說：「如果不是雪的話，那就是霜囉！一定是的。」

靠近月亮的胃宿[3]泛著青白光，加上月色如冰，看來今晚真的會下霜呢！小十郎暗自想著。

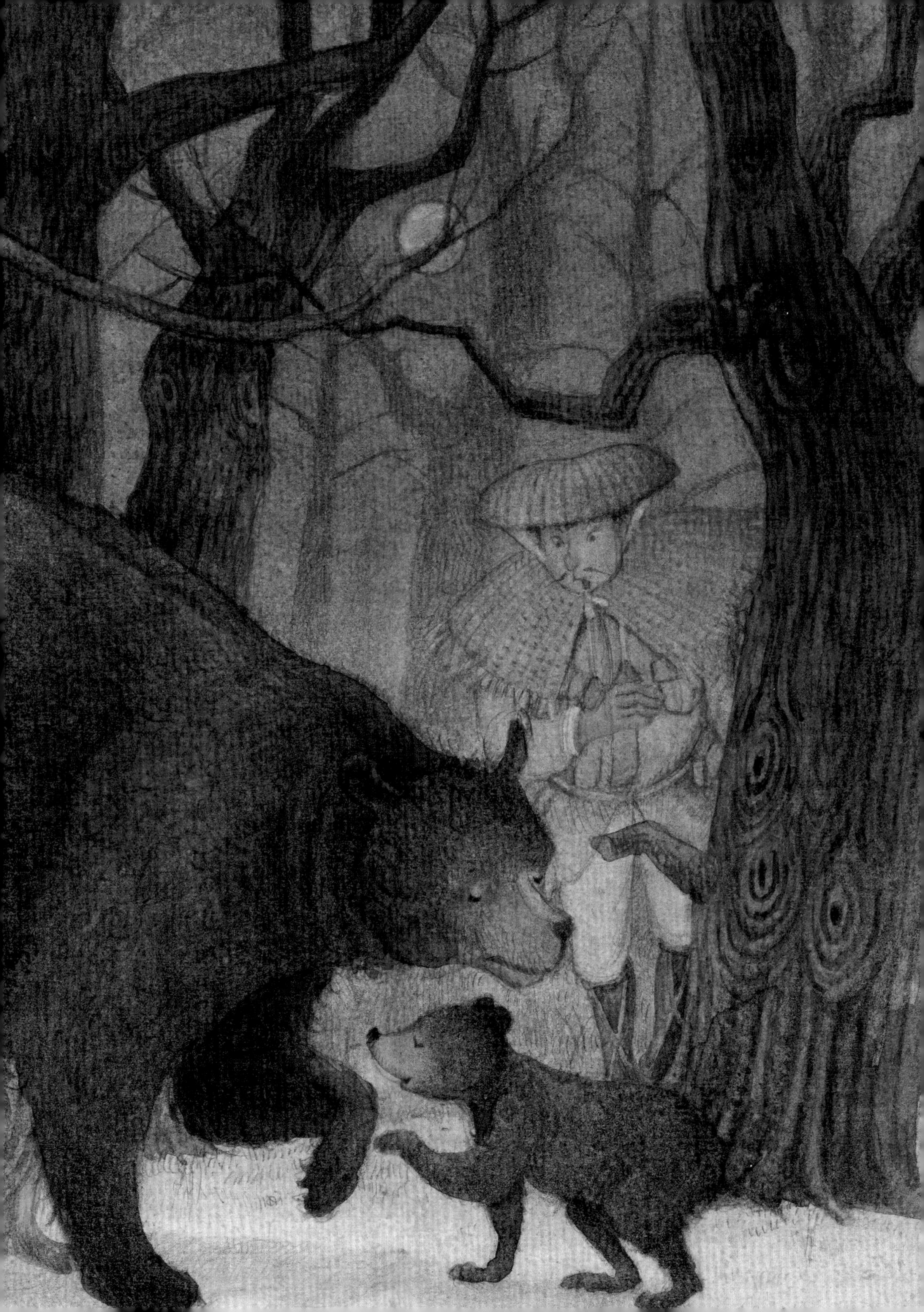

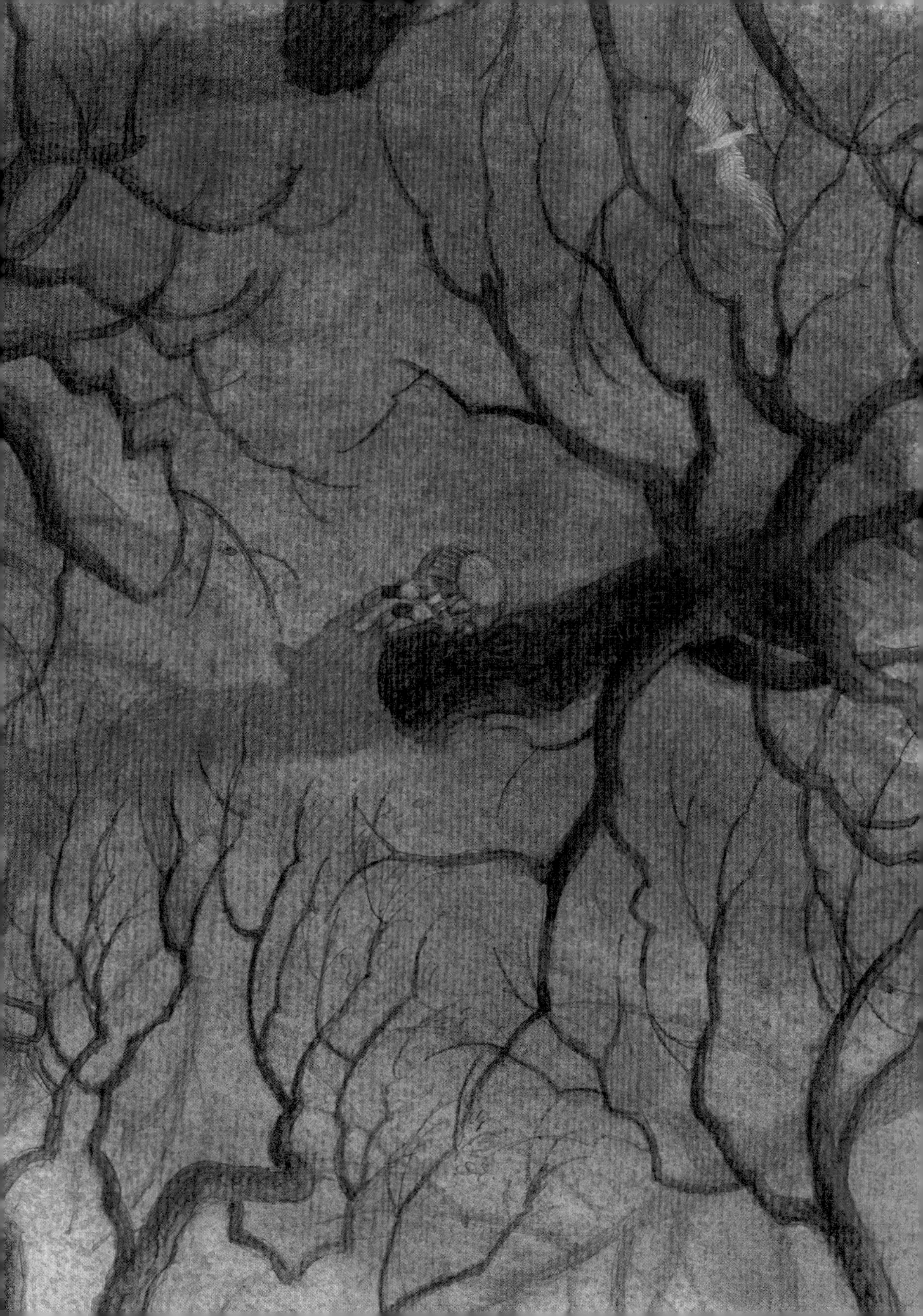

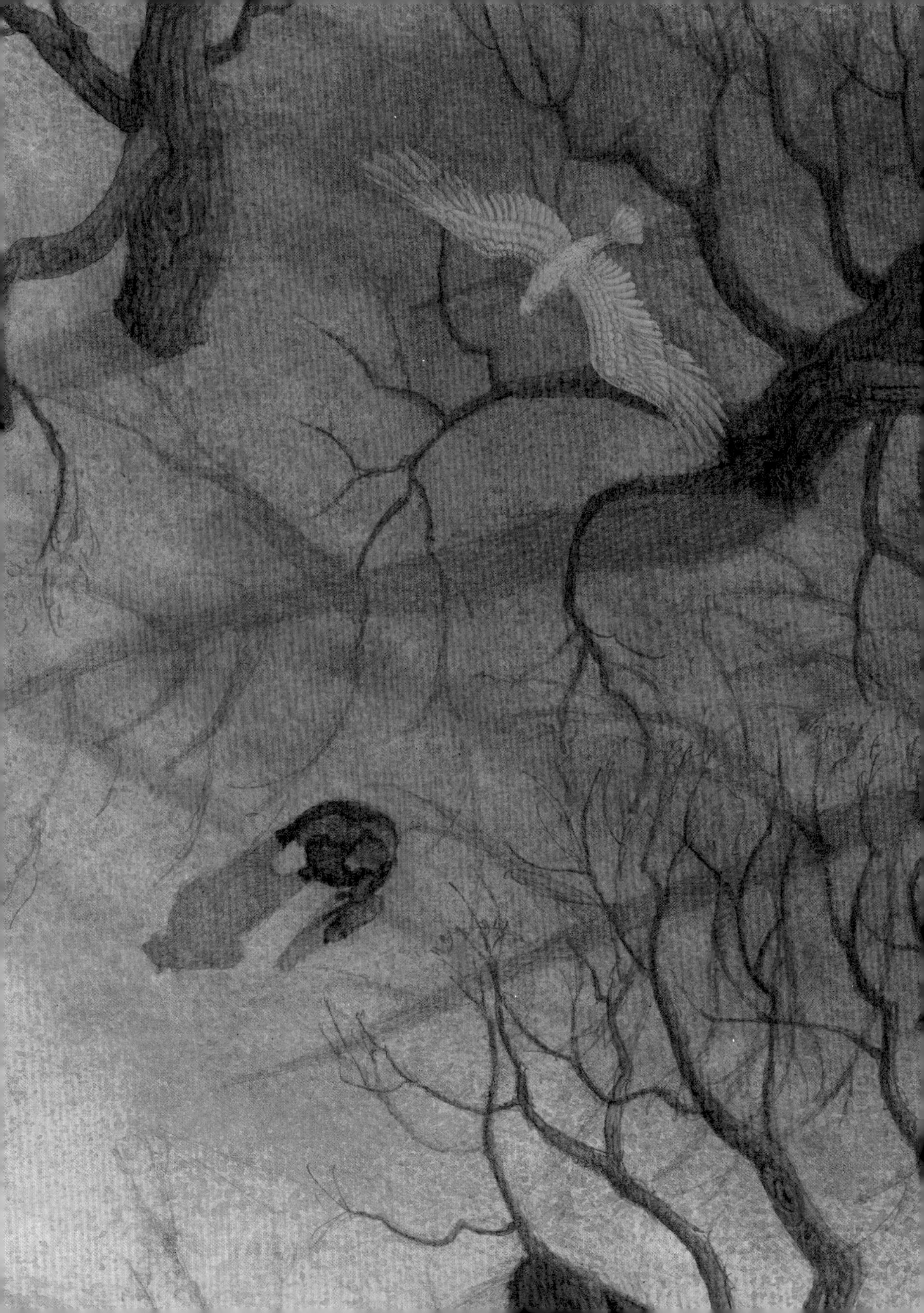

「媽媽知道了，那個啊，是玉蘭花。」

「什麼，原來是玉蘭花！我知道這花啊！」

「不可能，你還沒見過。」

「我見過啊！之前還摘回來過呢！」

「不對，那不是玉蘭花，你摘回來的是梓樹花吧。」

「是喔？」小熊裝傻似的回道。

莫名感懷的小十郎再次望向對面山谷那片宛如覆著白雪的花海，然後看了一眼沐浴在月光下，專注凝視著前方的熊母子，準備悄悄離去。小十郎一邊想著風可別往那兒吹啊，一邊慢慢後退。樟樹香隨著月光飄散開來。

◆

話說，豪氣的小十郎唯獨到鎮上賣熊皮、熊膽時，總是委屈地吃了不少苦頭。

鎮上有間大雜貨鋪，舉凡竹簍、砂糖、磨刀石，還是印著金天狗、變色龍圖案的香菸，甚至連玻璃製捕蠅器都有賣。小十郎揹著小山一般高的毛皮走進店裡，隨即傳來一聲冷笑，像是在說「又來了」。老闆拿出銅製大火盆，盤坐在店裡的小客間。

「老爺，前陣子受您照顧了。」
在山上稱王的小十郎卸下毛皮，恭謹地雙手撐地跪坐著。
「喔，你好，今日有何貴幹？」

「我又帶了些熊皮。」

「熊皮啊，之前帶來的還沒賣掉，今天就不用了。」

「老爺，您別這麼說，還請買下來吧，便宜些也行。」

「再便宜也不需要。」店老闆冷冷地回絕，拿著菸管敲掌心。

在山裡意氣風發的小十郎被如此拒絕，憂心地蹙眉。雖然山上有栗子可撿拾，自家後方田地有少許稗麥能採收，卻種不出米，家裡連味噌也沒了。眼看高齡九十的老人家和孩子，一家七口就要餓肚子，今天無論如何都得帶些米糧回去。

鎮上的人們還能做些棉麻織品攢錢，但小十郎除了會編簡單的藤籃，織布之類的活兒根本做不來。他怔怔地站了一會兒，用嘶啞的嗓音說：

「老爺，求您行行好買下來吧。」如此乞求的小十郎又行了個禮。

店老闆沉默片刻，吐了一口煙，稍稍收斂起笑容說：

「好吧，這些都留下來吧。平助，給小十郎兩圓。」

掌櫃平助將四枚銀幣放在小十郎面前，他高興地恭謹收下。

只見這會兒店老闆的心情似乎又還不錯，於是喊道：「來人呀！給小十郎老爺準備酒菜。」

小十郎也顯得滿心歡喜。店老闆開始輕鬆閒聊，小十郎則是畢恭畢敬地說著山裡的事。不久，廚房裡告知酒菜已經備好，儘管小十郎客氣婉拒，還是被拉進廚房，只好鄭重道謝。

沒多久，端上來的是放著鹽漬鮭魚生魚片、花枝塊和一小壺酒的黑色小托盤。小十郎正襟危坐，挾了一塊花枝用手掌捧著淺嚐，又將黃色的酒注入小酒杯。

就算物價再怎麼低廉，任誰都知道兩張熊皮居然只要兩圓，未免太便宜了。小十郎其實也知道賤賣了，但為何他不賣給別人，偏要賣給鎮上這間雜貨鋪呢？這是很多人都無法理解的事。不過，在日本有種稱為「狐拳」的遊戲，規則是狐狸輸給獵人，獵人不敵商人；在此則是熊輸給小十郎，小十郎不敵商人。商人因為住在城鎮，所以不會被熊吃掉。然而，隨著時代越來越進步，像店老闆這等狡詐之徒總會有施展不開的一天。我實在不忍見到小十郎和這等惡徒交涉，無奈這段故事仍得交代過去，真是令人忿忿不平。

由此可知，小十郎獵熊絕非是因為憎恨牠們，而是為了一家生計。不過，某年夏天卻發生了一件奇怪的事。

當時小十郎正跋涉溪谷，登上一塊岩石，突然瞧見前方有一頭熊，就像貓拱著背爬樹。小十郎立刻舉槍瞄準，獵犬也興奮地跑到樹下，繞著樹狂奔。

只見樹上的熊似乎在想，究竟要撲向小十郎？還是就這麼被射殺？突然牠手一鬆，就這麼咚的一聲摔了下來。

不敢大意的小十郎，舉著槍慢慢走近，這時熊高舉雙手大喊：

「你是為了想得到什麼而殺我?!」

「我只是想要你的毛皮和膽。雖然拿到鎮上賣不了多少錢，但為了營生也沒有辦法。不過，被你這麼一問，我突然覺得自己只吃栗子、蕨類也行，要是就這樣死了，也無所謂啊。」

「再等兩年吧。其實我死不足惜，只是還有些事得做，所以再等兩年就好。到時我會死在你家門前，毛皮、胃啊都隨你取用。」

小十郎一臉疑惑地思索著。熊說完後轉身離去，小十郎依舊呆站在原地。熊似乎知道小十郎不會伺機從後方射殺牠，頭也不回地緩步前行。看見那暗紅色的龐然身影被樹縫間灑落的陽光照得閃閃發亮，小十郎莫名呻吟了兩聲，才悵然地跋涉溪谷返家。

就這樣過了兩年，某個早晨刮著強風，小十郎心想樹木、籬笆恐怕被吹得東倒西歪了，於是出外察看，所幸一切安好，卻有個暗紅色物體倒臥在籬笆下。此時剛好是第二年，小十郎正記掛著那頭熊會不會真的來找他，他有點忐忑地走近一瞧，果真是那頭熊。只見牠吐血倒地，小十郎不由得合掌默禱。

◆

那是正月某天的事。大清早正要出門的小十郎竟沒來由地說起：

「老媽，我也上了年紀啦！今早是我這輩子第一次不想涉水啊！」

坐在簷廊處紡紗，高齡九十的母親，抬起昏花的老眼看著小十郎，露出似笑似哭的無奈表情。小十郎綁好草鞋，起身準備出門時，孫子們相繼來到馬廄前，笑著對他說：「爺爺，您要出門啦！」

小十郎仰望萬里無雲的青空，再看向孫子們回道：「我走囉！」

小十郎走在又白又硬的雪地上，一步步朝白澤方向前行，獵犬也吐著紅舌，氣喘吁吁地跟在後頭。沒多久，小十郎的身影隱沒在山丘另一頭，再也望不見了，孩子們開始拿起稗麥稈嬉戲。

小十郎沿著白澤岸邊溯水而上。湖水成了一處藍色深潭，凍住的水面像鋪了一層玻璃般，還結了好幾根有如串珠的冰柱，岸邊的衛矛樹結了紅、黃果實，彷似盛開的花朵。小十郎和獵犬的身影，以及閃閃發亮的樺樹樹影，一起在雪地上化成清晰的藍色影子，小十郎一邊看著影子移動，一邊往山上走。

小十郎早在夏天就打探到，從白澤越過一座山峰那兒，棲息著一頭大熊。

只見他不停地左彎右拐，涉水渡過流經谷底的五條小支流，繼續往上走，抵達一座小瀑布，再從瀑布下方沿著山路朝長根方向攀登。刺眼的白雪彷彿在燃燒，小十郎覺得自己像是戴上了紫色眼鏡在爬山。隨行的獵犬也不服輸似的，儘管滑落好幾次，還是緊踏著雪地奮力攀登。

總算來到崖頂，微斜坡面長著幾棵栗子樹，雪地宛如寒水石般閃閃發光，周遭矗立著一座座高聳的雪嶺。正當小十郎坐在崖頂上暫歇時，獵犬忽然著火似的狂吠，小十郎嚇得起身往後一瞧，只見他要找的那頭大熊正站直身子，朝他走來。

小十郎隨即沉著地站穩舉槍。大熊抬起粗棍般的雙手，有些踉蹌地筆直衝了過來，就連經驗老道的小十郎也不禁臉色驟變。

突然一聲槍響，但大熊並未倒下，仍像一團黑色風暴襲來，獵犬則緊咬熊腳不放。小十郎腦中迸出轟然巨響，四周瞬間變成一片藍，只聽見遠處傳來一句話：

「喔……小十郎，我不是要殺你啊。」

我已經死了。小十郎這麼想著，然後看見一片閃爍藍星般的光芒。

「這就是我死了的證明啊！這是死時才能看見的火。熊啊！原諒我呀！」

小十郎這麼想。至於他之後的心境如何，我就不得而知了。

總之，到了第三天晚上，猶如寒玉般的月亮高掛夜空，雪地上反射著明亮藍光，水面散發燐光，昴參星宿則像在呼吸似的閃耀著綠色、橙色光芒。

在這隱沒於栗子樹與白色連綿雪嶺之間的山頂平地，許多龐然的黑色形體在雪地上圍成一層又一層的圓，各自拖著黑影，有如伊斯蘭教徒祈禱般，趴跪在地上久久不動。藉著雪光與月色，可以看見小十郎的遺體以半坐姿被安置在最高處。

或許是主觀感受吧，總覺得小十郎那冰凍的遺容似乎仍像生前爽朗地笑著。無論參星來到夜空中央，或是朝西漸傾，那些龐然的黑色形體始終如化石般，紋風不動。

1—現今所稱的「鉛溫泉」，可緩解神經痛、肌肉痠痛等症狀，岩手縣花卷南溫泉峽就屬於這類溫泉。
2—佛教中鎮守北方的護法神，也是重要的武神。
3—二十八星宿之一，西方白虎七宿的第三宿。

要求很多的餐廳

玻璃門後有一排金字：
「尤其歡迎胖子和年輕人。」

兩名年輕紳士一身英國士兵裝扮，扛著亮晃晃的槍、牽著兩隻白熊般的大狗，來到樹葉沙沙作響的深山，邊走邊聊著：

「這座山好怪啊！居然連一隻飛禽走獸也沒有。不管什麼都好，真想趕快砰、砰開個幾槍啦！」

「要是來個兩三發擊中鹿的黃色側腹，該有多痛快啊！鹿肯定會轉啊轉的，然後重摔倒地吧。」

這裡是相當荒僻的深山，荒僻到連負責帶路的獵人都迷了路，不知去向。

這座山也很詭異，詭異到讓兩隻白熊般的大狗一起暈厥，呻吟一會兒後便口吐白沫，無力回天。

「我一下子損失二千四百日圓。」其中一位紳士翻了翻狗兒的眼皮這麼說。

「我損失二千八百日圓。」另一位也低著頭懊惱。

只見先開腔的紳士垮著一張臉，直瞅著同伴說：「我想回去了。」

「就是啊！我也是又冷又餓，想回去了。」

「那我們往回走吧，順道在昨天投宿的旅館花十日圓買隻山雞回家就行了。」

「那裡還賣兔子呢！反正用買的也是一樣，我們回去吧！」

但令人傷神的是，該往哪兒走才回得去呢？兩人毫無頭緒。

一陣風呼嘯吹來，吹得雜草簌簌搖晃，枝葉沙沙作響，樹木咚咚轟鳴。

「肚子好餓，側腹從剛才就疼得受不了。」

「我也是，實在不想走了。」

「我也不想走了。啊啊——真是傷腦筋呀！好想吃點什麼喔。」

「好想吃東西啊！」

兩位紳士在沙沙作響的芒草叢中交談著。

就在這時，他們突然回頭一瞧，眼前矗立著一幢漂亮洋房。

門口還掛著一塊招牌——

RESTAURANT

WILDCAT HOUSE

山貓軒西餐廳

「你瞧，還真巧，這裡居然開了一間餐廳，要不要進去瞧瞧啊？」

「咦？開在這種地方還真是奇怪呢！不過，應該能讓我們飽餐一頓吧？」

「當然可以呀！招牌上不是寫著嘛！」

「進去吧，再不吃點東西我就快暈倒了。」

兩人來到門廳。用瀨戶白磚砌成的門廳十分氣派，單扇玻璃門上寫著一排金字：

「歡迎任何人入內，千萬不要客氣。」

兩人於是興奮了起來：「這是怎麼回事？世上果然有所謂的巧合呢！雖然勞累了一整天，還是碰上這等好事。這裡雖然是餐廳，但看來要請我們免費吃一頓啊！」

「好像是呢！『千萬不要客氣』就是這意思。」

RESTAURANT
WILDCAT HOUSE

兩人推門走進去，立刻映入眼簾的是一道走廊，玻璃門背後還有另一排金字：

「尤其歡迎胖子和年輕人。」

兩人看到「尤其歡迎」這幾個字，更是喜不自勝。

「你瞧，尤其歡迎咱們。」

「我們可是兩個條件都符合。」

兩人沿著走廊前行，隨後又瞧見一扇漆成水藍色的門。

「這房子好怪啊！為何會有這麼多扇門呢？」

「這是俄式建築，寒冷地方或深山裡的房子都是這樣。」

兩人正要推開這扇門時，發現門上有一排黃字：

「本餐廳要求很多，特此告知。」

「沒想到深山裡還有這麼時髦的餐廳。」

「可不是嘛！你看，東京的大餐館也很少開在大街上啊。」

兩人一邊聊著，一邊推開那扇門，瞧見門後又有一排字：

「本店要求很多，還請一一忍受。」

「這到底是怎麼回事啊？」其中一位紳士不由得蹙眉。

「嗯，一定是要求太多，準備起來很費工夫，所以請我們見諒吧。」

「大概吧。真想趕快進去啊！」

「想坐下來好好吃一頓呢。」

惱人的是，眼前又出現一扇門，門旁掛著一面鏡子，下方擺著一把長柄刷子。門上還有一排紅字寫著：

「請您在此梳整頭髮，清理鞋子沾上的泥土。」

「這是應該的。剛才在門廳時，我還想這只是深山裡的餐廳，有些瞧不起呢！」

「這間餐廳規矩嚴謹，一定時常有大人物光顧。」

兩人於是梳整好頭髮，刷掉鞋上的泥土。

那麼，接下來呢？只見梳子一被放回原處便立即消失，一陣風吹了進來。

兩人大吃一驚緊挨著彼此，哐噹一聲打開門，走進下一個房間。兩人都覺得，要是再不趕緊吃些熱呼呼的東西提振精神，恐怕就快撐不住了。

門後又寫了奇怪的話：

「請把槍和子彈放置在此處。」

兩人一瞧，旁邊有張黑色檯子。

「也是啦！沒有人拿著槍吃東西。」

「不，應該是經常有大人物來光顧的關係。」

兩人卸下槍枝、解開皮帶，把裝備放在檯子上。

又出現一扇黑色的門。

「請摘下帽子，脫掉外套和鞋子。」

「怎麼樣？要脫嗎？」

「沒辦法，脫吧。看來裡面真的坐著大人物。」

兩人將帽子、大衣掛在鉤子上，脫掉鞋子，啪嗒啪嗒地走進門裡。門後又寫著：

「請將領帶夾、袖扣、眼鏡、錢包，以及其他金屬類物品，尤其是尖銳物，都放置在此處。」

門旁擺了一個箱門敞開、造型美觀的黑色保險箱，還備有鑰匙。

「喔——似乎有料理要用電啊！所以得避開金屬類，還說了尖銳物尤其危險呢！」

「大概吧。看來回去時應該是在這裡結帳。」

「好像是。」

「準沒錯。」

兩人摘下眼鏡和袖扣，全都放進保險箱，啪的一聲上了鎖。

往前走幾步，又有一扇門，門前放了個玻璃罐，門上則寫道：

「請將罐子裡的奶油，均勻地塗抹在臉和四肢。」

兩人一瞧，罐子裡確實裝著奶油。

「要我們塗抹奶油又是怎麼回事啊？」

「這個嘛，因為外頭很冷吧，如果室內太溫暖，皮膚一乾就容易皸裂，所以預防一下囉。裡頭肯定坐著不得了的大人物，搞不好我們還能在這兒結識名門貴族呢！」

兩人將罐子裡的奶油塗抹在臉上、手上，然後又脫掉襪子抹在腳上。抹完後還剩一點點奶油，兩人於是一邊假裝拿來抹臉，一邊偷偷吃下肚。

接著兩人又趕緊開了門，門後寫著：

「有塗抹好奶油嗎？耳朵也塗了嗎？」

這裡也放了一個裝著奶油的小罐子。

「對喔，我沒塗耳朵，差點就讓耳朵皸裂了，這間餐廳的老闆還真是貼心。」

「是啊，連細節都很重視呢！不過，我好想早點吃到東西，老在走廊打轉，真是傷腦筋啊！」

就在此時，眼前又出現一扇門。

「飯菜馬上就好，
不會讓您等待超過十五分鐘，
即刻便能用餐。
請快將瓶內的香水灑在頭上。」

門前放著一瓶金光閃耀的香水。

兩人把香水猛灑到頭上。可是，這瓶香水卻散發出跟醋一樣的味道。

「這香水怎麼有股醋味？怎麼回事啊？」

「肯定是女傭感冒，嗅覺失靈所以裝錯了。」

兩人開門走了進去，門後又寫著大大的字：

「要求很多，實在很囉嗦吧？真叫人於心不忍。這是最後一個請求了，請盡量用罐子裡的鹽搓揉全身。」

此處果然擺著一只漂亮的瀨戶青陶鹽罐。但這一回，兩人卻嚇壞了，互盯著彼此塗滿奶油的臉。

「實在太奇怪了吧！」

「我也覺得不對勁！」

「原來要求很多，是要求我們啊！」

「所以，我想所謂的西餐廳，不是做西餐給上門的客人吃，而是把來到這裡的人做成西餐吃掉。這、這、這，也就是說，我、我、我們……」其中一位紳士已經嚇得渾身顫抖，說不下去了。

「那，我、我、我們……哇啊！」另一位紳士也怕得直打哆嗦，啞口無言。

「快逃……」一位紳士顫抖著身子，伸手要推開身後的門，卻怎麼也推不動。

最裡面還有一扇門，門上有兩個大大的鑰匙孔，鑿成銀色刀叉的形狀，並寫著：

「哎呀！遠道而來辛苦了。

你們做得很好。

來吧！來吧！請進到我的肚子裡。」

鑰匙孔內有兩顆藍色眼珠子，正骨碌碌地窺視他們。

「哇啊！」其中一個紳士渾身打顫。

「哇啊！」另一個紳士也抖個不停。

兩人都哭了出來。

這時，從門裡傳來了竊竊私語：

「不好了，他們發現了，好像沒往身上搓鹽呢！」

「當然啊，老大那樣寫，他們不起疑才怪。尤其是那一句『要求很多，實在很囉嗦吧？真叫人於心不忍。』這寫法也太蠢了。」

「隨他吧！反正牠連根骨頭也不會分給我們。」

「話是這麼說沒錯，但萬一那兩個傢伙不進來，可就是咱們的責任啦！」

「那還是喊一下吧。喂，客人，快進來吧！快啊！快啊！盤子已經洗了，菜也醃好了，只要把你們和菜拌在一起，盛進雪白盤子裡就行了。快點進來吧！」

「就是啊！請進！快請進！還是不喜歡沙拉呢？不然就起個火，把你們油炸吧。總之快點進來吧。」

兩位紳士因為哀痛至極，臉皺得簡直像揉成一團的紙屑。他們面面相覷、瑟瑟發抖，嚇得哭不出聲音。

只見門裡傳來呵呵笑聲，又喊道：

「來呀！進來呀！瞧你們哭成那樣，特地抹好的奶油都要流掉啦！是──快做好了，等會兒就給您上菜。好了，快進來吧！」

「快進來吧！我們老大已經圍好餐巾、拿起餐刀，舔唇等著客人。」

兩位紳士哭啊哭的，哭個不停。

就在這時，他們身後傳來「汪、汪、汪」的吠叫聲，原來是那兩隻白熊般的大狗破門而入。鑰匙孔裡的眼珠子迅即消失，兩隻大狗嗚嗚低吼，在屋裡奔來跑去，突然又吠了好大一聲，衝向下一扇門。門哐噹一下被撞開，兩隻狗像被吸入似的衝進去。

門的另一頭漆黑一片。

「喵喔、嗚啊、鏗咚鏗咚」的聲音響起，隨即又傳來卡沙卡沙的聲響。

洋房宛如一陣煙就此消失，凍得渾身發抖的兩位紳士站在草叢裡。

只見外套、鞋子、錢包和領帶夾，不是掛在那邊的樹枝上，就是散落在這邊的樹根旁。一陣風呼嘯吹來，吹得雜草簌簌搖晃，枝葉沙沙作響，樹木咚咚轟鳴。

狗兒低吼著跑了回來。兩人的身後傳來叫喚聲：「老爺！老爺！」

他們瞬間振作起來，大喊：「喂——喂——我們在這裡！快來呀！」

頭戴蓑帽的獵人撥開草叢走了過來，兩人總算安心。

他們吃了獵人帶來的糯米糰子，還花了十日圓在途中買了山雞，返回東京。

無奈即便回到東京，也泡了熱水澡，兩人的臉還是皺得像揉成一團的紙屑。

繪者的話

感受經典童話的雋永魅力

南君

這是第一次拜讀宮澤賢治老師的動物童話，或許因為他是從大正橫跨到昭和時期的作家，故事中雖然沒有明確地點出時空背景，但讀著、讀著，就自然能感覺到那股一九二〇年代後半的濃厚時代氛圍。

因此，我在繪製草圖之前稍微考究、參照了昭和時代的生活文化與人事物，例如《大提琴手高修》的水車小屋、《那米床山的熊》小十郎穿的簑衣、《渡過雪原》四郎和康子兄妹的服飾、《貓咪事務所》的電話（原來那時已有電話）……希望能更具體地呈現宮澤老師所處年代的特質與氣氛。創作風格相較於以往也有不同，多了一點點日本味，算是小小的突破。

這次的創作過程中也發生了不少關於構圖設定的困難點，但原因不是出在故事本身，而是編輯與創作者對於圖像該如何呈現，在想法上有所拉鋸。兩方之間存在著不同的思考邏輯，前者由文字描述的脈絡去設定、想像畫面，後者則著重採用什麼畫面去呈現故事，兩者看似朝著同一個方向前進，對於呈現上的想法卻是如此不同。類似這樣的問題，在創作的十幾年之間其實一直重複發生著，但畫面的呈現畢竟沒有標準答案，因此也沒有所謂的對與錯，只是對於故事的詮釋有所差異。因此這次的創作耗費了較多心神在尋找兩者的共識與平衡點。

總之，最終還是完成了這本作品的插畫繪製，也希望讀者藉由這些插畫，更深刻地感受到宮澤老師的動物童話所展現的雋永魅力。

Bridge 01

貝之火

喚醒純淨初心的奇幻旅程——宮澤賢治的動物童話〈插畫珍藏版〉

作者——宮澤賢治
繪者——南　君
譯者——楊明綺

責任編輯——林祐萱、郭玢玢
美術設計——耶麗米工作室、謝佳穎

總編輯——郭玢玢
社長——郭重興
發行人——曾大福
出版——仲間出版／遠足文化事業股份有限公司
發行——遠足文化事業股份有限公司
地址——231 新北市新店區民權路 108-3 號 8 樓
電話——（02）2218-1417
傳真——（02）2218-8057
客服專線——0800-221-029
電子信箱——service@bookrep.com.tw
網站——www.bookrep.com.tw
劃撥帳號——19504465 遠足文化事業股份有限公司

印製——通南彩印股份有限公司
法律顧問——華洋法律事務所 蘇文生律師

定價——620 元
初版一刷——2022 年 12 月

國家圖書館出版品預行編目（CIP）資料

貝之火：喚醒純淨初心的奇幻旅程
——宮澤賢治的動物童話〈插畫珍藏版〉

宮澤賢治著；南君繪；楊明綺譯／
-- 初版 . -- 新北市：仲間出版：遠足文化發行，2022.12
面；　公分 . --（Bridge；1）

ISBN 978-626-96568-3-7（精裝）

861.57　　　111018935